KB070078

돌보는 마음, 위하는 마음

.

돌보는 마음, 위하는 마음

김주이 × 유세웅 지음

문학동네

장기이식 코디네이터와 간호학 교수의 다정한 팀플레이

편지에 들어가기 전

_김주이

2년 전 여름에 유세웅 작가님(이미 두 권의 책을 출판한 그를 저는 작가님이라고 부릅니다)과 함께 글을 쓰는 프로젝트를 시작했습니다. 프로젝트라는 이름이 거창하지만, 제가 계획한 이 프로젝트의 목표는 함께 소통할 수 있는 누군가를 찾아 서로의 생각을 글로 전하며 따뜻한 이야기를 만들어가는 것이었습니다. 지금 보면 저는 모든 목표를 이뤘습니다. 유세웅 작가님과 같은 좋은 동료를 만났고, 우리의 생각을 글로 전하는 과정에서 저는 처음 계획하고 예상했던 것보다 더 많은 것을 느끼고 깨닫고 위로를 받는 경험을 했습니다.

따뜻해지고자, 밝아지고자, 나아가고자, 행복해지고자 이 글을 썼습니다. 그러니 부디 우리의 글을 읽는 모두가 그런 마음을 가득 느낄 수 있었으면 합니다.

제가 따뜻한 글을 쓸 수 있는 아름다운 시선을 가질 수 있도록 좋은 영향을 주신 많은 분께 감사드립니다. 특별히 하늘에 계신 아빠, 사랑하는 엄마와 언니, 존경하는 남편, 세상에서 가장 소중한 보물 시완과 유하에게 깊은 감사의 마음을 전합니다.

우리의 글을 따뜻한 시선으로 바라봐주시고 하나의 책으로 완성되기까지 많은 수고로운 작업을 늘 기쁘게 해주신 전지영, 최찬미 편집자님과 자음과모음 출판사에 지면을 빌려 감사의 마음을 전합니다.

편지에 들어가기 전

_유세웅

　　김주이 교수님과 편지를 주고받기 전, 우리는 서로 알던 사이가 아니었습니다. 접점이라면 인터넷 공간에서 각자 글을 쓰는 사람이었다는 점입니다. 우연히 서로의 글을 발견한 우리는 댓글을 달며 응원했습니다. 그러던 어느 날, 교수님으로부터 교환 일기를 써보자는 메일을 받았습니다.

　　저는 병원에서 간호사로 일하면서 반복적인 일상에 매몰되어 소진될 때가 있습니다. 그럴 때면 동기부여를 하고자 일의 의미를 좇아봅니다. 그러나 혼자서 아무리 의미를 좇아보아도 동기부여가 잘되지 않는 날들이 있습니다.

　　감사하게도 교수님과 교환 일기를 주고받으면서 동기부여가 많이 되었습니다. 각자 마음을 열고 삶에서 마주친 사건들을 공유하며 느끼는 '함께하는 사람이 있다'라는 감

정이 큰 위로가 되었습니다. 간호라는 공통분모를 가지고 만
난 우리가 나눴던 이야기 속에는 간호뿐만 아니라 삶에 숨겨
진 사랑을 발견하고 살아내는 두 사람의 이야기가 담겨 있다
고 생각합니다.

2년여의 시간 동안 우리는 각자의 세계를 간접적
으로 경험할 수 있었습니다. 병원에서 대부분의 시간을 보냈
던 저는 교수님의 세계를 경험하며 제가 속한 세계를 더욱 객
관적으로 볼 수 있게 되었고, 예전보다 타인을 바라보는 시야
가 넓어졌음을 느낍니다.

우리의 글이 독자분들께도 공감과 위로가 되었으
면 좋겠습니다. 또한 삶을 바라보는 시야를 확장하는 계기가
되길 조심스레 바라봅니다. 마지막으로 어느 누군가와 지속해
서 편지를 주고받는 경험을 꼭 한번 해보시길 추천합니다.

차례

2

성장하는 마음

3

더 불 어 사 는 마 음

4
위하는 마음

1장

돌보는 마음

간호사를 하는 이유

유세웅

교수님께 같이 글을 써보자는 메일을 처음 받았을 때는 교환 일기라는 것이 생소해서 저희가 무엇을 쓰고 나눌 수 있을지 고민이 됐습니다. 그러다가 간호사인 우리가 할 수 있는 이야기가 있을 듯해 한번 이야기를 나눠보고 결정하자는 생각을 했습니다.

약속한 날짜에 아이패드 너머로 본 교수님의 첫인상에서 열정, 기대감이 느껴졌습니다. 저는 교수님의 글을 읽었을 때 조금은 여린 이미지를 떠올렸었는데요, 대화를 나누다 보니 교수님은 냉철한 이성과 따뜻한 감성을 두루 지닌 멋진 사람이라는 생각이 들었습니다. 첫 만남 후, 저는 교수님과 교환 일기를 써보겠다고 다짐했습니다.

서로를 이해하기 위해 먼저 제 이야기를 해보겠습니다. 제가 10살 때의 일입니다. 왼손에 원인불명의 종양이 생겼습니다. 처음에는 증상이 없었는데, 어느 날 피아노를 치다 종양이 건반을 살짝 스쳤고 정말 어마어마하게 아팠습니다. 한동안 몸을 웅크리고 아무것도 할 수 없었습니다. 바로 동네 병원에 찾아갔지만 큰 병원에 가보라는 말을 들었을 뿐 정확한 진단명은 알 수 없었습니다. 서울에 있는 병원에 가자 금방 수술 일정이 잡혔습니다. 수술 전에 의사 선생님은 분명 양성 종양일 거라고, 괜찮을 거라고 하셨지만 막상 종양을 떼어보니 활막육종*이었습니다. 그리고 전이의 가능성이 있으니 추후 재수술을 해야 한다고 했습니다.

　　　다행히 1년 후에 받은 두 번째 수술까지 성공적으로 끝났습니다. 지금은 건강하게 지내고 있지만, 당시에는 암이라고 하니 '내가 죽을 수도 있겠구나' 생각했습니다. 그때 저는 교회에 다녔지만 독실한 신자는 아니었습니다. 어머니가 헌금하라고 돈을 쥐여주면 그 돈을 가지고 피시방에 갈 만

---

*　활막, 건막, 점액낭에서 발생하는 악성종양의 일종으로 궁극적으로는 폐에 전이된다. 수개월 또는 1년 이상에 걸쳐 점차 커지고, 심한 통증을 유발한다. 광범위 절제술 후 항암제 투여와 방사선 치료로 재발을 억제해야 한다.

큼 신앙심이라곤 전혀 없었습니다. 그런데 처음으로 신을 찾고 '살려만 주신다면, 저도 앞으로는 아프고 힘이 없는 사람들을 돌보는 삶을 살겠습니다'라고 기도했습니다. 이 사건이 지금 제가 간호사로서 자리를 지키며 환자들을 간호하고 있는 첫 번째 이유입니다.

당시에 또 다른 고난이 있었습니다. 첫 번째 수술을 받았던 해에, 아버지가 운동을 하시던 중에 쓰러지셨다는 소식을 듣게 된 것입니다. 다행히 주변에 있던 지인이 신속하게 심폐소생술을 해주셔서 바로 심장 수술을 하고 건강을 되찾으셨습니다. 그런데 바로 다음 해에 심근경색으로 돌아가셨습니다. 그래서 저의 청소년기, 청년기에는 아버지가 계시지 않았습니다.

아버지가 있다는 것은 어떤 느낌일까 궁금할 때면 책이나 영화 등을 보았습니다. 졸업식 때 아버지 차로 가족끼리 외식하러 가는 그 모습이 얼마나 부러웠던지, 여름 혹은 겨울이 되면 가족끼리 여행을 간다는 가족의 모습이 얼마나 부러웠던지. 저는 지금 공교롭게도 심장 수술을 받은 환자분들을 돌보고 있는데, 그분들을 볼 때마다 가끔 아버지 생각이 납니다.

연이은 고난으로 인해 저는 공부를 뒷전으로 미루고 게임 중독에 빠졌습니다. 어머니는 그런 저를 야단치시기보다는 그냥 기다려주셨습니다. 다행히 중학교 3학년 때 좋은 선생님을 만나 공부에 재미를 붙이게 되었고, 그 덕에 고등학교는 속된 말로 문을 닫으며 들어갔습니다. 그런데 기초가 없으니 공부를 아무리 해도 성적이 잘 오르지 않았습니다. 학원에 다니고 싶었지만, 기울어가는 집안에 미처 말할 수는 없었습니다. 그 대신 시간을 더 아껴서 공부했습니다.

새벽 6시에 일어나 학교로 가는 버스 안에서 영어 단어를 외우고 공부를 하다 보면 하루가 다 지나갔습니다. 제겐 그 시간이 너무 절박했는데 제 사정을 잘 모르는 아이들이 하나둘 저를 멀리했고, 어느 순간부터 따돌림을 당하기 시작했습니다. 극심한 스트레스에 시달렸지만 진심으로 사람들을 대하다 보면 곁을 지켜줄 친구가 주변에 남아 있을 거라는 믿음을 가지고 견뎌냈습니다. 그때의 친구와는 지금까지도 연락하며 서로의 삶을 응원하고 있습니다.

고3이 되던 해에 진로를 고민하다가, 저는 작은누나의 직업인 간호사에 관심을 두게 되었습니다. 처음에는 누나에게 "나도 간호사 할래"라고 말했다가 거절당했습니다. 그러던 어느 날 누나가 "내가 근무하고 있는 호스피스 병동에 봉사활동을 하러 오지 않을래?"라고 제안했고, 그 뒤로 꾸준히 봉사활동을 갔습니다. 할 줄 아는 게 없었기에 주로 허드렛일을 했지만, 어깨너머로 보이는 간호사 선생님의 모습은 참 따뜻했습니다. 환자와 눈을 마주치며 이야기를 경청하고, 물수건으로 몸의 이곳저곳을 정성스레 닦아주시는 간호사 선생님의 모습은 굉장히 멋지고, 아름답고, 숭고해 보였습니다. 그 모습을 보며 인간의 존엄성을 지켜주고, 도움이 필요할 때 가장 먼저 도움을 줄 수 있는 간호사라는 직업에 도전해보고 싶다는 확신이 들었습니다.

　　　　나중에 알게 된 이야기지만 누나는 간호사 선생님들이 얼마나 힘들게 일하는지 보면 제풀에 지쳐 그만두겠지 라는 생각으로 그런 제안을 했었다고 합니다. 그렇지만 결심이 확고하게 선 저의 모습을 보고 응원해주게 되었다고 합니다. 이것이 제가 간호사를 하고 있는 두 번째 이유입니다.

　　　　간호사를 꿈꾸던 제가 간호사로서 가져야 할 태도에 관한 고민을 한 것은 대학교 시절이었습니다. 한번은 네팔과 인도에 의료 봉사를 다녀왔습니다. 한국이었다면 진료를 보고 약만 먹으면 쉽게 회복되는 질환을 적절한 시기에 치료

받지 못해 고통받는 현지 사람들을 보며 마음이 아팠습니다.

인도에서는 이런 일이 있었습니다. 한 형제가 치료를 받으러 왔는데, 발에 상처가 난 동생과 그 동생을 업고 온 형 둘 다 맨발이었습니다. 의사 선생님과 함께 동생의 발에 난 상처를 소독하고 붕대를 감아주면서 상처 부위가 빨리 나으려면 붕대를 깨끗한 상태로 유지하는 것이 좋기 때문에 신발을 신고 지내야 한다고 말해주었습니다. 하지만 형제는 당장 몸을 누일 집도 없어서 구멍이 뚫린 천막 아래에서 지낸다고 했습니다. 그 말을 듣고, 그동안 형제가 감당해야 했을 삶의 무게가 너무나 무겁게 느껴져서 울컥했습니다.

다행히 현지에서 봉사하는 분의 도움으로 형제에게 쉴 곳과 신발을 구해줄 수 있었습니다. 형제는 저희에게 도와줘서 감사하다고 말했습니다. 그때 저는 환자를 바라볼 때 질병만 보는 것이 아니라, 사회·경제적 상황을 함께 고려해야 함을 배웠습니다. 또 간호는 선하게 쓰이려면 얼마든지 더 선하게 쓰일 수 있다는 사실을 깨달았습니다. 나중에 간호사가 되면 '인간을 향한 존중과 사랑의 마음을 어디에서든 잃지 말고 잘해보자'라는 마음을 품었습니다.

지나고 보니 인생의 아픔, 고난, 결핍을 겪는 그

당시는 무척 힘들었는데, 그 일들이 타인을 더 이해하고 공감하고 진정으로 위로를 건넬 수 있는 소중한 자산이 되었습니다. 기계적으로 일하다 보면 감정이 무뎌질 때가 많고 처음 품은 마음을 잊어버리곤 합니다. 그럼에도 앞으로 제가 할 수 있는 만큼 환자를 깊이 공감하고, 진정한 위로를 건네며 기쁠 때 함께 기뻐하고, 슬플 때 함께 슬퍼해줄 수 있기를 바랍니다.

간호학이 좋은 이유

___

김주이

      작가님, 어제는 날씨가 정말 좋았습니다. 고속도로를 달리는데 저 멀리 있는 산까지 매우 선명하게 보이는 날이었습니다. 깨끗한 공기도, 맑은 하늘도, 푸르른 산도, 저를 기분 좋게 해주었지만 무엇보다 하늘에 떠 있는 구름이 비현실적으로 아름답다고 느꼈습니다. 첫사랑의 설렘, 대학에 갓 입학했을 때의 흥분, 새로운 일에 도전하는 열정, 합격자 발표를 받았을 때의 기쁨. 그 기쁨과 설렘의 순간들 속에서 몽글몽글하게 피어나는 감정을 자연으로 표현한다면 저 구름의 모양이 아닐까 하는 생각을 했습니다. 함께 글을 쓰자고 제안한 저의 메일에 작가님의 답신을 받던 날, 저는 그런 몽글몽글한 감정이 들었습니다.

인기리에 방영되었던 오디션 프로그램 〈K팝스타〉
시즌 1에서 TOP 3를 차지하며 많은 사람의 이목을 끌었던 한
소녀가 있습니다. 탈락의 압박감으로 실력을 제대로 보여주지
못하는 참가자도 많은 오디션 프로그램에서 늘 청아한 목소리
로 덤덤하게 자신의 실력을 보여주던 그 소녀는 어린 시절 악
성림프종* 치료를 받았었다고 합니다. 이후 가수가 되어 백혈
병 어린이 치료를 위해 광고 출연료 전액을 기부하는 선행을
했다는 기사를 본 적이 있습니다. 작가님도 아실까요? 가수
백아연 님의 이야기입니다. 오디션 프로그램에 출연했을 당시
심사위원이었던 박진영 님이 백아연 님을 보며 '어렸을 때 힘
든 시기를 극복한 사람 특유의 강인하고 담대한 면모가 있다'
는 말을 했던 기억이 납니다. 저는 작가님에게서 그런 모습을
보았습니다.

　　　　작가님의 편지를 보니 작가님은 역시 제가 예상했
던 대로 강인하고 내면이 성숙한 사람이라는 생각이 듭니다.
간호사라는 길을 선택한 작가님의 이야기가 정말 따뜻하고 아
름답다는 생각과 함께, 제가 더욱더 많은 이를 사랑하며 살아
가야겠다는 생각도 들었습니다. 제가 이 길에 있는 이유는 작

---

*　림프조직 세포가 악성으로 전환되어 생기는 종양.

가님과는 매우 다릅니다. 지금 이 길을 걷고 있는 많은 사람이 작가님 같기도 하고 저 같기도 하겠지요.

저는 학창 시절, 단 한 번도 간호사라는 직업을 꿈꿔본 적이 없습니다. 수능이 끝나고 미래의 직업을 고민하며 대학의 학과를 살펴볼 때 처음으로 '간호사'라는 직업에 대해 생각해보았습니다. 경제적인 활동을 하면서 타인에게 봉사하는 직업을 가진다는 것이 참 의미 있겠다는 생각에 막연히 간호학과를 지원하게 되었지요. 하지만 사실 대학에 입학한 뒤에도 다른 길을 두드려보고 싶은 마음이 있었습니다. 아나운서가 되고 싶기도 했고 그 외에도 작가, 기자, 홈쇼핑 CEO가 되고 싶기도 했습니다. 무엇 하나 적극적으로 두드려본 것은 없지만 그렇게 수많은 꿈을 품었다 내려놓으며 다른 길로 가기를 꿈꾸었습니다. 그랬던 제가 지금까지 간호학을 공부하고 있습니다. 심지어 후학에게 간호학을 가르치고 있습니다.

앞서 말한 것처럼 대학교 1, 2학년 동안 방황 아닌 방황의 시기를 보내다가 3학년이 되니 정신이 번쩍 들었습니다. 이렇게 아무것도 모른 채 간호사가 되면 큰일 나겠다 싶었어요. 어려운 전공과목들이 시간표에 빽빽하게 채워진 3학년부터 저는 열심히 공부했습니다. 그전까지는 공부에 수동적인 자세로 임했다면, 이제는 제가 선택한 학문을 적극적인 마음으로 탐구하기 시작했습니다. 전보다 열심히 공부했고 성적도 조금씩 오르기 시작했어요. 그리고 정말 중요한 변화는, 공부하면 할수록 간호학이 좋아졌습니다. 그 이유를 한번 말씀드려볼까 합니다.

저는 간호학이 실용 학문이어서 좋습니다. 간호학 공부는 하면 할수록, 내 삶에 직접적인 도움이 되는 경우가 많았습니다. 살면서 병원을 안 가본 사람은 거의 없을 거예요. 병원 진료를 다녀오신 주위분들도 저에게 많은 질문을 합니다. 그 질문은 질병, 병원, 치료 전후 간호에 대해 조금만 알아도 대답할 수 있는 것이었습니다. 저는 제가 배운 학문을 통해 누군가에게 도움이 되는 정보를 줄 수 있다는 것이 좋았습니다. 그리고 제가 사랑하는 사람들이 아플 때, 제가 의료진이라는 사실이 주는 든든함이 그 힘든 시기에 작은 위안이 될 수 있다는 것도 감사했습니다.

저는 간호학이 인간을 대상으로 하는 학문이어서 좋습니다. 사람과 사람이 만나고, 소통하고, 의지하고, 배려하고, 사랑하는 일들. 저는 늘 그 안에 아름다움이 있다고 믿습니다. 많은 사람이 병원은 차갑고 삭막하다고 생각하지만, 그

곳에서 오랜 시간 있었던 저는 병원을 늘 따뜻한 곳으로 기억하고 있습니다. 제가 간호학을 실현하는 현장에는 늘 따뜻함과 아름다움이 있었습니다. 그런 현장에서 제가 가진 지식으로 누군가에게 도움을 줄 수 있다는 것이 참 감사하다는 생각이 들었습니다.

저는 간호학이 인간을 사랑하는 학문이어서 좋습니다. 간호학은 간호라는 행위로 인간의 신체적, 심리적, 사회적, 영적 건강 증진을 위해 시대의 환경에 맞게 변화하는 학문입니다. '어떻게 하면 환자들에게 더욱 나은 간호를 할 수 있을까?'를 연구하는 간호학이 저에게는 매력적입니다. 그래서 저는 아직도 간호학을 하고 있나 봅니다.

제가 처음 작가님께 함께 글을 쓰자고 제안하면서 '일주일에 한 편 정도 쓰면 어떨까요? 일정이 어려우시면 이주일에 한 편도 괜찮습니다'라고 했던 말 기억하실까요?

작가님은 저에게 답변으로 '일주일에 한 편이 좋습니다. 각자 한 편씩 쓰는 것이 좋겠습니다. 한 편을 쓸 때 한글 문서 기준 세 쪽 정도의 분량이 좋겠습니다'라고 말씀하셨지요. 친한 친구에게 전했더니 친구가 이렇게 말하더군요.

"김주이도 보통 아닌데, 제대로 강자를 만났네!"

간호학이 좋은 이유 · 김주이

친구와 저는 그날 많이 웃었습니다. 동시에 저는 저와 함께 글을 나눌 수 있는 적임자를 찾았다고 생각했습니다. 저는 늘 도전적인 목표를 꿈꾸는 사람이 좋습니다.

작가님의 오늘 하루는 어떠셨나요? 많은 업무로 육체적·정신적으로 힘든 시간을 보내셨을 것 같습니다. 그렇지만 힘들었던 하루도 작가님께서 이 길을 걷게 된 처음의 마음이 닿아 작가님 인생의 한 페이지에 따뜻한 추억이 되었기를 바랍니다. 저도 저의 자리에서 후학을 양성하기 위해 최선을 다하는 하루를 보내도록 하겠습니다.

인간을 사랑하는 학문

―――――

유세웅

　　길어지는 코로나바이러스 감염증(이하 '코로나19')
으로 인해 길거리에 보이던 인파는 크게 줄어들었지만, 아침
에 일어나 창문을 통해 들어오는 햇빛을 보니 몸이 근질거려
책과 아이패드를 들고 밖으로 나왔습니다.

　　교수님께서는 처음부터 간호학에 열정을 품고 정
진했을 거라는 제 예상과는 달리 다양한 꿈을 꾸고 고민했었
다는 사실이 의외였습니다. 그런데 교수님이 꿈꾸었던 직업
군을 보다가 한 가지 공통점을 발견했습니다. 아나운서, 작가,
기자, 홈쇼핑 CEO는 모두 각기 다른 방식으로 세상에 자신의
목소리를 내는 직업입니다. 미루어 짐작하건대, 교수님에게는
무언가 말하고 싶고, 소통하고 싶고, 세상 혹은 사람들의 마음

을 선한 방향으로 바꾸고자 하는 마음이 있을 것이라는 생각
이 듭니다.

　　　　편지를 쭉 읽다가 간호학을 대하는 교수님의 따
뜻한 마음이 묻어나는 문장이 저의 마음을 울렸습니다. 간호
학에 관해 '사람과 사람이 만나고, 소통하고, 의지하고, 배려
하고, 사랑하는 일들. 저는 늘 그 안에 아름다움이 있다고 믿
습니다' '사람과 사람이 만나는 현장에서 제가 가진 지식으로
누군가에게 도움을 줄 수 있다는 것이 참 감사합니다'라고 말
씀하신 것이 그동안 반복적으로 일하며 놓치고 있던 간호의
의미를 다시 한번 생각해보게 했습니다.

　　　　학생 시절이 생각납니다. 전공 공부와 실습을 병
행하기가 쉽지 않았지만, 간호학을 통해 인간을 조금 더 이해
하게 되었을 때 이 길을 선택하길 잘했다고 느꼈습니다. 인간
이 겪을 수 있는 다양한 질병과 심리적 상태에 따른 특성을 배
우고, 이 때 할 수 있는 적절한 간호에 대해 알게 되자 인간에
대한 이해가 깊어졌습니다. 막연하게 누군가를 돕겠다는 마음
에서 끝나지 않고 인간에 대한 이해와 사랑을 바탕으로 실질
적인 도움을 줄 수 있는 학문이라는 점이 간호학의 매력이 아
닐까 싶습니다.

병동, 중환자실, 보건소 등 여러 곳에서 실습을 했지만, 가장 기억에 남는 건 요양원입니다. 요양원이라고 하면 어떤 이미지가 떠오르시나요? 사람들은 요양원에 가는 일을 두려워합니다. 그 이유가 무엇일지 생각해보면, 요양원에 간다는 것은 늙어서 자신의 가치가 사라졌다는 사실을 인정해야 하는 상황이라고 여기기 때문입니다.

우리가 살아가는 세상에서는 어리고, 부자이고, 멋있고, 예쁘고, 능력 있으면 사람들의 주목을 받습니다. 반대로 늙고, 가난하고, 병들고, 볼품없어지면 사람들은 무섭도록 외면합니다. 요양원에서 목격한, 인간이 노년에 겪는 어려움은 다양했습니다. 외로움, 고독함은 기본 옵션이고 치매, 파킨슨병, 소화 장애, 거동 장애 등으로 점점 세상과는 단절됩니다. '할 수 있는 것'보다는 '할 수 없는 것'이 더 많다는 사실을 받아들여야 하고, 이것에 익숙해져야 한다는 사실에 무력감을 느낍니다.

실습하면서 그리 특별한 것 없는 일상을 살아가고 있는 분들을 '어떻게 하면 웃게 해드릴 수 있을까' 고민하게 되었습니다. 이를 위해 의견을 모으는 과정은 어느 코미디 프로그램의 대기실에서 이루어지는 개그맨들의 아이디어 회의 같았습니다. 윷놀이를 하면서 중간중간 난이도가 쉬운 미션을 곳곳에 넣어 어르신들이 참여할 수 있는 활동을 해보자는 친구, 그림에 색칠하는 활동을 함께하며 말동무가 되어드리자는 친구, 노래를 부르고 춤을 추면서 즐거움을 선물해드리자는 친구까지.

　　　　같은 실습 조에 있는 친구들의 말을 경청하면서 이 세상에 다양한 사람들이 존재한다는 사실에 감사했습니다. 조금은 내성적이고 조용한 것을 좋아하는 저 같은 사람만 세상에 존재한다면 잔잔하고 단조로운, 어쩌면 재미없는 세상이었을 텐데 그렇지 않아서 다행이라고 느꼈습니다. 덕분에 친구들의 아이디어와 재능에 감탄하며, 계획한 활동을 해낼 수 있었습니다.

　　　　어르신들이 저희가 기대했던 것보다 더 많이 좋아해주시고 활짝 웃으시는 모습을 보면서 오히려 제가 더 행복했고 위로받았습니다. 그저 학생으로서 할 수 있는 것들을 했을 뿐인데 기뻐하시는 어르신들의 모습을 보면서 사람의 마음을 감동하게 하는 것은 '무엇'을 해주는 것이 아니라 작은 것이라도 정성을 다해 함께하려는 '마음'이라는 중요한 사실을 배웠습니다. 이후에도 어르신들의 산책을 돕고, 식사할 때 손이 되어주고, 이야기를 주고받았던 시간은 제 인생에서 따뜻하고 소중한 기억으로 남아 있습니다.

문득, 교수님이 학생들을 지도하고 가르치며 겪은 가장 기억에 남는 순간은 언제인지 궁금합니다. 학생 때와는 또 다른 시선으로 비슷한 상황에서도 다르게 느껴지는 부분이 있을 거란 생각이 듭니다. 오늘도 후학을 양성하기 위해 최선을 다하고 있는 교수님을 응원합니다. 저는 날씨가 너무 화창해서 카페에서 거리로 나가야겠습니다.

사랑, 그 아름다운 단어가 주는 무게

김주이

작가님은 어느 계절을 좋아하시나요? 저는 여름을 참 좋아하는데, 여름을 좋아하는 저에게도 이번 여름은 더워도 너무 덥더라고요. 그런데 엊그제 아침에 일어나 창문을 여는데 선선한 바람이 불어왔습니다. 계절의 변화가 참 놀라웠습니다. 결국 이 더위도 이렇게 끝이 있는데, 더운 여름을 더 사랑해줄 걸 그랬네, 라는 생각이 들었습니다. 매년 정직하게 우리의 곁을 찾아오는 사계절의 존재를 분명 알고 있으면서도 극한의 더위를 마주한 순간에는 이 더위가 언제 지나가나, 라는 생각만 했던 것 같네요.

제가 꿈꾸었던 직업을 바라보는 작가님의 생각을 듣고 참으로 신기했습니다. 저조차도 그렇게 생각해본 적이 없는데, 작가님의 이야기를 듣고 보니 저의 성향과 잘 맞는 분석이라는 생각이 들었습니다. 저는 사람들과 소통하는 일을 좋아합니다. 내가 알고 있는 것을 효과적으로 전달하고, 보고하고, 발표하는 일 등 무언가 이야기하고 나누는 것들을 참 좋아합니다. 돌이켜보면 저의 꿈에 그런 성향이 묻어났던 것 같습니다.

그래서 저는 지금 제가 하고 있는 교수라는 직업이 좋습니다. 제가 가르치는 학생들이 사회로 나가서 어떠한 역할을 맡게 될지 알 수 없지만, 저는 학생들이 본인이 속한 그 조직을 조금 더 아름답게 바꾸는 데 작게나마 각자의 역할을 할 수 있는 사람이 되기를 바랍니다. 저 역시 그러고자 노력하며 살아가고 있습니다.

작가님이 질문 주신 기억에 남는 학생들과의 순간을 생각해보았습니다. 수많은 순간이 기억에 남고, 앞으로도 기억에 남을 많은 순간을 만들어가겠지만, 오늘은 학생들과 저의 첫 만남에 관해 이야기해보고자 합니다. 제가 학생을 지도할 때 지키는 원칙이 하나 있는데요. 저는 제 지도 학생과 첫 면담을 할 때 꼭 '좋은 간호사의 조건'이라는 주제로 이야기를 나눕니다.

작가님이 생각하는 좋은 간호사의 조건은 무엇일까요? 제가 생각하는 조건은 '정직' '높은 자존감' 그리고 '이타심'입니다. 우리는 간호학개론 시간에 다양한 간호학자들이 이야기한 간호학의 정의를 배웠습니다.

플로렌스 나이팅게일이 언급했던 '간호는 과학이자 예술이다'부터 시작해서 학문의 메타패러다임인 인간, 환경, 간호, 건강의 개념을 담은 '간호학은 대상자의 건강 증진을 위해 간호라는 기술로 환경의 영향을 고려하여 인간 삶의 질을 높이기 위한 학문이다' 등등. 간호에 관한 수많은 정의를 저희는 듣고 익히며 간호학을 공부했습니다.

기억에 남는 과제가 있습니다. '여러분이 생각하는 간호학은 무엇입니까?'라는 질문에 답을 하는 과제였는데, 저는 '간호학은 인간을 사랑하는 학문이다'라고 나름의 정의를 내렸습니다. 간호학은 한 사람의 건강을 증진하기 위해 그 사람의 신체적, 심리적, 사회적, 영적인 부분을 모두 고려하는 학문입니다. 사람에 대한 이해 없이는 대상자의 안녕을 추구하기 어렵습니다. 모두 다른 우리가 사람에 관한 사랑 없이는 한 사람을 온전히 이해할 수 없습니다. 그렇기에 저는 간호학에서 사람을 사랑하는 마음을 빼놓고는 이 학문의 배움을 잘 실천할 수 없다고 생각합니다.

저는 늘 학생들에게 정직하라고 가르칩니다. 임상 현장에서는 수많은 일이 일어납니다. 환자는 아프고, 보호자는 예민하고, 선배는 괜스레 무섭고, 처음 현장에 들어온 나는 어설프고 잘 모르고 모든 게 어렵습니다. 그 복잡하고 어려운 상황 속에서 나는 자꾸만 작아지고, 실수를 하기도 합니다. 저는 학생들에게 만약 실수를 하게 된다면 정직하라고, 그것이 너와 너의 동료 그리고 너의 환자를 지킬 수 있는 일이라고 강조합니다.

저는 학생들에게 자신을 먼저 사랑하라고 말합니다. 높은 자존감을 가지라고요. 자존감은 자신에 대한 존엄성이 타인의 인정이나 칭찬에 의한 것이 아니라 자신 내부의 성숙한 사고와 가치에 의해 생기는 것입니다. 그러니 타인의 시선에 신경 쓰기보다 있는 그대로 자신의 모습을 인정하고 사랑하라고 말합니다. 환자가 내가 잘 알지 못하는 사항에 대해 질문했을 때, 타인의 시선을 의식해 어설픈 대답을 하지 말고 모르는 것을 인정하고 공부해서 다시 잘 설명해드리라고 말합니다. 그것이 자존감이 높은 간호사라고 말해줍니다.

자존감이 높은 간호사는 스스로 늘 발전하려고 노력하기에 임상적 지식이 부족하다면 공부를 할 것이고, 소통의 기술이 부족하다면 자신을 돌아보고 변하려 애쓸 것입니다. 저는 저의 학생들이 늘 그렇게 자신을 돌아보고 발전하고 나아가는 사람이 되기를 바랍니다.

　　　　마지막으로 간호학은 인간을 사랑하는 마음에서 시작되는 학문이니, 사람을 사랑하는 마음 없이 좋은 간호를 하기 어렵다는 것, 환자와 보호자를 공감하는 마음이 필요하다는 것, 타인을 이롭게 하려는 마음이 우리 안에 꼭 있어야 한다는 것을 강조합니다. 작가님이 이야기한 요양원에서의 '어떻게 하면 웃게 해드릴 수 있을까?'라는 고민, 이것이 바로 우리가 현장에서 실천하는 사랑이라고 저는 생각합니다.

　　　　사랑은 참 아름답고 따뜻한 단어라는 것을 우리 모두가 알고 있습니다. 그러나 그것을 매 순간 기억하며 실천하기란 쉽지 않은 일입니다. 지난 학기 실습 지도 때 학생들과 임상에서 마주하는 무례한 사람들에 대한 이야기를 나누었습니다. 저는 그 상황에서 잘못한 사람은 우리가 아닌 무례한 행동을 한 사람이라는 것을 말해주었고, 그 사람은 우리에게 그런 행동을 할 권리가 없고, 우리는 그들에게 그런 대우를 받아야 하는 사람이 아님을 인식하자고 말했습니다. 언제나 스스로를 사랑하고 존중해주는 우리가 되어야 한다고 이야기했습니다.

그런데 학생들의 이야기를 듣다가 우리에게 상처를 주는 무례한 사람은 우리가 만나는 환자나 보호자 중 일부뿐만 아니라 늘 우리가 함께 일하는 동료, 선후배인 경우도 있다는 것을 새삼 깨달았습니다. 조금은 무거운 이야기일 수 있으나, 인간을 사랑하는 학문인 간호학을 하는 우리에게 '태움'*이라는 문화가 있다는 것은 우리가 모두 반성해야 할 문제라고 생각합니다.

간호의 세계를 살아가는 우리 안에 조금 더 사랑이 많아지기를 바랍니다. 환자와 보호자를 사랑하고 동료를 사랑하고, 특히 조금은 부족하고 미숙한 동료들을 더 많이 사랑할 수 있는 우리가 되었으면 좋겠습니다. 우리가 서로에게 선한 영향을 주는 단단한 조직이 되어가기를 소망해봅니다.

지나가는 여름처럼, 분명 처음의 어설픔과 부족함은 시간이 지나면 익숙함과 성숙함으로 변화해나갈 것입니다. 올해 여름의 더위를 내년 여름에는 기억하지 못하고, 또 '올해는 왜 이리 더워!'라고 말하고 있겠지요? 지금은 잊었겠지만 저의 처음도 그렇게 어설프고 부족했을 것입니다. 저 역시 선

---

* '영혼이 재가 될 때까지 태운다'는 뜻에서 나온 말로, 선배 간호사가 신규 간호사를 가르치는 과정에서 괴롭힘 등으로 길들이는 규율을 지칭하는 용어이다.

후배와 동료, 스승님과 멘토님 덕분에 이 자리에 서 있습니다.

　　　작가님, 그럼 우리 오늘도 각자의 자리에서 사랑을 실천해봅시다. 오늘은 2학기 개강을 앞두고 병원 실습을 나가는 학생들에게 실습에 대한 오리엔테이션을 하는 날입니다. 학생들을 만날 생각하니 설레네요. 저도 아름답고, 따뜻한 하루 만들겠습니다.

누군가를 돌본다는 것

유세웅

      여름을 좋아하고, 끝나가는 여름을 더 사랑해주지 못해 아쉽다는 교수님의 마음이 현재 제가 누리고 있는 것들에 대한 소중함을 되돌아보게끔 합니다. 저는 봄을 좋아합니다. 겨울은 날씨가 추워서 몸을 웅크리게 되고, 해가 짧아서 집 안에 주로 있게 됩니다. 그러면 몸에 기운이 빠지고 마음도 우울해지고는 하더라고요. 그에 반해 봄은 꽃들도 피고, 동물들도 활기를 띠고, 사람들의 옷차림도 가벼워져 부담 없이 밖을 산책할 수 있습니다.

      제가 봄을 좋아하는 이유처럼 병원에서 근무하는 의료진들은 죽어가는 생명보다 살아나는 생명을 볼 때가 행복합니다. 그러나 행복함만 있다면 병원이 아니겠지요? 병원에 내원하는 사람들은 어딘가 아프고 통증을 참을 수 없어서 온 것이니까요. 누군가를 돌본다는 것은 내가 돌보는 상대의 상태가 좋을 때나 나쁠 때나 변함없이 곁을 지키는 것입니다. 그렇기에 제가 생각하는 좋은 간호사는 '친절' '공감' 그리고 '배우려는 태도'를 지닌 간호사입니다.

먼저 환자의 상태를 헤아려봅니다. 사람은 몸과 마음이 정상적인 컨디션을 유지하고 있고 자율적으로 삶을 살아갈 수 있을 때, 자연스레 타인을 생각할 마음의 여유도 생기게 됩니다. 그러나 내 몸 어딘가 견딜 수 없이 아프면 마음이 어지러워 타인을 수용할 여유가 없어집니다. 인내하고 절제하는 능력이 급격하게 떨어지며 나를 최우선으로 생각하게 됩니다. 그것이 잘못됐다는 것이 아닙니다. 누구나 비슷한 상황을 마주쳤을 때 자신을 지키기 위해 이러한 반응은 당연할 수밖에 없습니다.

원래 같았으면 회사에서 직장 동료들과 열심히 일하고 있을 그때, 원하는 목표를 이루기 위해 책상에서 공부하고 있을 그때, 집에서 휴식을 취하며 여유를 즐기고 있을 그때, 병원에서 침상 하나를 차지하며 병과 싸우고 있는 자기 모습이 비참할 수도 있습니다. 당연하게 누려왔던 모든 것이 이제는 당연하지 않고, 누군가의 도움 없이는 일상생활이 어려운 자신의 모습이 못마땅할 수 있습니다. 통제된 환경과 속상한 상황에서 자신의 답답한 마음과 예민해진 감정을 눈앞에 보이는 간호사에게 쏟아낼 수도 있습니다.

환자라고 해서 그렇게 행동하는 것이 바람직하다는 것은 아니지만, 좋은 간호사는 그런 환자의 처지를 헤아리고 마음속 여유를 유지한 채 친절함을 잃지 않아야 합니다. 물론 간호사도 사람이기에 자꾸만 마음속 여유를 갉아먹는 살인적인 근무 강도와 업무 환경은 필연적으로 개선되어야 합니다.

좋은 돌봄이 무엇일지 생각해봤을 때 공감을 빼놓을 수 없습니다. 이해가 머리로 수긍하는 단계라면, 공감은 마음으로 받아들이고 행동으로 이어지는 단계입니다. 환자의 마음속 이야기를 경청하며 편안한 대화 상대가 되어주는 일, 불안해하는 환자의 손을 잡고 안심시켜주는 일, 흐르는 눈물을 닦아주는 일, 옷을 입혀주는 일, 용변을 치워주는 일, 몸을 씻겨주는 일 등등. 이 행위들은 환자를 진정으로 공감하며 사랑을 담아야 할 수 있는 일입니다. 자신의 아픔을 이해를 넘어 공감하며 돌봐주는 간호사 앞에서 환자는 큰 위로를 받게 되고, 이는 환자 상태 회복에 큰 영향을 끼치게 됩니다.

마지막으로 간호사에게 필요한 자질은 배우려는

태도라고 생각합니다. 최선의 간호를 제공하기 위해서 끊임없이 공부하고 자신의 실력을 키우는 동료, 누구에게나 친근하게 다가가서 마음을 열고 환자와 소통하는 동료, 불평불만이 나올 법한 상황에서도 감정을 드러내지 않고 차분히 해야 할 일들을 해내는 동료, 자기 일뿐만 아니라 늘 주변을 살피며 도와주러 다니는 동료의 모습을 보며, 스스로 부끄러웠던 적도 많았지만 긍정적인 영향도 받을 수 있었습니다. 그런 제 주변 동료들의 좋은 모습을 본받고, 저 또한 동료들에게 좋은 영향을 줄 수 있는 사람이 될 수 있도록 노력하고 있습니다.

중환자실 간호사로 일하다 보면 환자의 죽음을 종종 마주치게 됩니다. 환자의 첫 죽음을 맞이했던 근무는 아직도 생생하게 기억합니다. 봄에서 여름으로 넘어가는 어느 날의 이브닝 근무였는데, 출근할 때부터 어수선한 분위기가 중환자실을 맴돌았습니다. 환자의 심장을 잘 뛰게 하는 약물과 몸의 전해질 균형을 맞춰주는 약물들이 중심정맥관을 통해 투여되고 있었습니다.* 그러나 모니터에 비치는 환자의 맥박과 혈압은 그곳에 있는 사람들의 마음도 몰라주고 뚝뚝 떨어지고 있었습니다. 보호자가 언제쯤 병원에 도착할 수 있는지 물어보는 의사 선생님의 목소리에서 환자와 이별할 순간이 머지않

앗음을 직감할 수 있었습니다.

임종의 순간은 늘 먹먹합니다. 중환자실 문이 열리고, 건드리면 당장이라도 울음이 터질 것 같은 감정을 절제하며 보호자가 들어왔습니다. 그러나 환자가 누워 있는 침상에 다다르자 너도나도 할 것 없이 서로가 슬피 울며 감정을 표출했습니다. 그때로부터 많은 시간이 흘렀음에도 불구하고 환자의 임종 앞에서 보호자의 상한 마음을 충분히 위로할 방법을 찾지 못했습니다. 제가 할 수 있는 일은 그저 곁을 지키며 함께 그 시간을 마주하는 것입니다.

모든 환자를 살릴 수 없다는 사실을 받아들여야 하는 상황 앞에서 슬픈 감정이 느껴지는 동시에 '누군가를 잘 돌본다는 것이 무엇일까?'라는 질문에 대해 진지하게 접근하게 됩니다. 간호사로서 그동안 배운 지식을 바탕으로 상태가 많이 악화한 환자를 열심히 돌봤지만 죽음 앞에서는 어쩔 수 없다는 허무함이 찾아오기도 했습니다. 하지만 아무것도 하지

---

*   몸은 일정한 농도의 전해질 균형을 유지하고 있다. 몸의 전해질 균형이 깨질 경우 부정맥, 저혈압 등 심장 기능의 악화뿐만 아니라 혈압을 올리기 위해 투여하는 승압제 등이 제대로 효과를 내지 못하는 경우가 있기에 몸의 큰 정맥에 삽입하는 중심정맥관을 통해 전해질 불균형을 교정해주는 약물을 투여하여 치료하는 것이 중요하다.

누군가를 돌본다는 것 · 유세웅

않는다면 살릴 수 있는 환자도 살리지 못하게 되기에, 어떤 태도로 환자를 돌봐야 하는지 치열하게 고민했습니다.

제가 내린 결론은 비록 모든 환자를 살릴 수 없을지라도, 모두가 피하고 싶은 환자의 죽음을 마주치더라도, 환자의 의식이 명료했을 때 본인이 내렸던 결정과 가족들과 의료진이 함께 상의한 치료 계획 안에서 끝까지 최선을 다하는 태도를 지키자는 것입니다. 환자를 향한 친절, 공감의 마음과 더불어 끊임없이 공부해서 최선의 돌봄을 제공하는 것이 간호사로서 환자를 향한 사랑을 표현하는 법이라고 생각합니다. 그렇게 저 스스로 나아갈 때 환자, 보호자, 의료진 모두에게 중환자실에서의 시간이 그렇게 슬프지만은 않고 조금이나마 따뜻하게 기억될 수 있을 것입니다.

오늘도 중환자실에서는 환자 한 명을 살리기 위해 수많은 사람이 밤낮 가리지 않고 환자 곁을 지키며 서로 협력하고 있습니다. 다른 사람들이 잠들어 있을 새벽 2시에, 정작 본인은 잠도 못 자면서 환자의 소변이 떨어지기를 간절히 바라며 전전긍긍하고 있는 의사 선생님의 모습을 보면 한 생명을 살리기 위한 노고가 대단하기도 하고, 안쓰럽습니다. 환자를 이송해주시는 분, 환자의 영양을 책임져주시는 분, 약을 책임져주시는 분 그리고 마치 전쟁터같이 어질러진 침상 주변을 묵묵히 정리해주시는 청소 여사님 들 덕분에 환자의 상태가 회복됩니다. 저도 필요한 처치와 간호를 했을 때, 환자의 상태가 극적으로 좋아지는 모습을 보면 뿌듯합니다. 이렇게 각자의 자리에서 맡은 역할을 잘 해내 환자를 살린다는 공동의 목표를 이루어내는 그 모습을 보면 감동이 밀려옵니다.

제가 간호사로서 환자의 임종을 함께했던 순간이 기억에 남았듯이, 교수님이 병원에서 간호사로 일하실 때 기억에 남았던 근무가 궁금합니다. 나이트 출근 전에 글을 쓰고 있는데 이제 곧 중환자실로 들어가봐야 합니다.

이번 주가 시작할 때만 해도 날씨가 제법 더웠는데, 몇 번의 비가 내리고 나서 쌀쌀해진 날씨가 마치 가을이 오고 있다고 말해주는 것 같습니다. 이 순간을 아쉬워하기보다는 감사한 마음으로 누려야겠습니다.

내 가슴에 함께 묻은 환자

김주이

작가님의 나이트 근무는 평안하셨을까요? 작가님께서 간호하는 환자분들의 컨디션이 호전되었기를 저도 함께 기도합니다.

모든 간호사에게는 분명 오랜 시간 기억에 남는 환자, 기억에 남는 근무가 있을 것입니다. 작가님이 이야기한 것처럼 자신이 보던 환자가 본인 근무 때 임종을 맞이하는 순간은 의료진이라면 누구에게나 잊을 수 없는 기억으로 남아 있을 것입니다. 저도 그렇습니다. 환자분이 여명을 다하는 순간, 저 역시 그 환자분을 가슴에 함께 묻습니다.

신경외과 병동에서 근무한 지 2년 차, 갓 신규 간호사 티를 벗어가는 시점에 간호하던 환자가 근무 때 사망하는 사건을 경험했습니다. 그것이 제가 겪은 환자의 첫 임종이었습니다.

어린 친구였습니다. 병마와 싸우느라 학교에 다니지는 못했지만 한창 꿈이 많을 고등학생이었습니다. 아이의 머릿속에는 커다란 종양이 자라고 있었고, 그 종양으로 인해 오랜 기간 병원에서 생활해야 했습니다. 입퇴원을 반복하는 동안 아이의 상태는 점점 악화되어 갔습니다.

아이의 집은 지방이었습니다. 제가 근무하던 서울의 상급종합병원에 아이가 입원한 동안, 아이의 부모님도 집에 가시지 못했습니다. 그 친구는 꽤 오랜 시간 병동의 준중환자실(중증환자실)에 입원했습니다. 심장과 폐는 기능하고 있기는 했지만 뇌에 침범한 종양 때문에 이미 많은 기능을 잃은 상태였습니다. 나중에는 팔다리를 움직이지 못했고, 부모도 알아보지 못했습니다.

그날 오전, 아이를 진료하는 담당 의사는 아이의 부모에게 그의 심장과 폐도 오랜 시간 일하기는 힘들 것이라는 말을 했다고 합니다. 심장과 폐의 기능을 조절하는 그의 뇌까지 종양이 자라고 있었습니다. 최선을 다하겠지만 마음의 준비를 하셔야 할 것 같다는 말을 전했다고 합니다.

아이의 부모님은 언젠가 이런 날이 올 것이라는

생각을 수천 번, 수만 번도 더 했을 것입니다. 이브닝 근무를 한 선생님께 전해 듣기로 부모님은 의사의 말을 듣는 내내 덤덤했다고 합니다. 하지만 우리는 그 덤덤한 표정 안에 숨겨진 수많은 감정이 부모님의 마음을 어지럽게 하고 있다는 것을 모르지 않았습니다.

저는 그날 밤 아이의 담당 간호사였습니다. 저녁부터 그의 상태가 좋지 않았다고 인계를 받아, 조금은 두렵고 불안하고 무서웠습니다. 떨리는 마음으로 아이의 상태를 보러 갔는데, 그의 몸에 부착되어 있던 모니터 기계의 알람이 울리기 시작했습니다. 급속도로 혈압과 맥박이 떨어지기 시작한 응급 상황이었습니다. 우리는 응급 상황을 알리고 부모님께 연락을 하고 응급처치에 필요한 모든 준비를 갖추었습니다. 아이의 상태가 좋지 않다는 말을 듣고 병원에서 대기 중이던 아이의 부모님이 도착하셨습니다.

부모님은 우리에게 말씀하셨습니다.

"우리 ○○이에게 더 이상 힘든 처치를 하지 않아주셨으면 합니다."

우리는 그렇게 그날 밤 그를 보냈습니다.

작가님, 환자가 사망하면 의료진도 순간 마음을

다잡기 힘들잖아요. 그런데 그 순간에도 우리는 챙겨야 할 것들이 많습니다. 장례 장소와 이동 방법에 대해 알아보고, 사망 진단서를 챙기고, 환자의 몸에 붙어 있는 주삿바늘과 연결된 선들을 제거하고, 환자를 새로운 옷으로 갈아입히고, 가족들에게 사망 및 퇴원 처리에 대해 안내하고⋯⋯. 의연한 척 덤덤한 척 이후의 일을 처리하려고 노력했지만, 아이의 부모님을 보는 순간 이미 저의 눈과 코는 빨개져 있었습니다.

어머니는 아이의 마지막을 함께하고 싶으셨는지 아이를 새 옷으로 갈아입히고 흰 천으로 덮는 모든 과정을 함께한 후 깨끗하게 샤워를 하셨습니다. 그리고 병실 앞 세면실에서 헤어드라이기로 머리를 말리기 시작했습니다. 아이의 어머니는 혼자 중얼거리며 머리를 만지고 계셨습니다. "이제 우리 집으로 가자. 엄마랑 아빠랑 우리 ○○이, 이제 집으로 가자." 몇몇 사람들은 아이의 어머니를 보고 이상하다고 했습니다. 아이의 어머니가 괜찮은 건지 묻기도 했습니다. 작가님, 그런데 저는 그 모습이 너무나 슬펐습니다.

의사가 사망진단을 내리는 그 순간에도 저는 목석처럼 얼어 있었습니다. 처음 겪는 이 모든 과정에서 저는 어떤 감정을 표출해야 할지 전혀 알 수가 없었습니다. 그런데 저는 아이의 어머니가 깨끗하게 옷을 갈아입고 머리를 매만지는 순간, 참았던 눈물이 터져 나왔습니다. 제가 병원에 근무하면서 본 모습 중에 가장 슬픈 모습이었습니다. 아이와 함께 집에 가기 위해, 먼 길을 떠나기 위해, 가장 깨끗한 모습으로 단장하는 어머니의 모습이 너무 슬펐습니다. 병원에 있었던 많은 날 동안 아이의 어머니는 상상했을 것입니다. 아이와 함께 집으로 가는 일, 아이와 함께 외출하는 일, 예쁘게 단장하고 아이와 함께 데이트를 하는 일 등을요. 아이의 죽음이 불가항력이었다고 해도 그 바람을 이뤄드리지 못한 것이 너무 마음이 아팠습니다. 아이의 어머니는 아이가 입원할 당시 입고 온, 가장 깨끗한 옷을 꺼내 입고 병동을 나섰습니다. 우리에게 그동안 수고하셨다는 인사를 남기고 가셨습니다.

"조심히 가세요."

저는 이 말 이외에는 그 어떤 말도 할 수가 없었습니다. 오랜 시간 아이와 함께 병원 생활을 한 가족들은 언젠가 아이와 이별하는 이 순간이 올 수 밖에 없다고 생각했을 것입니다. 제 생각보다 덤덤히 이 과정을 보내는 것처럼 보이지만 앞으로 문득문득 오늘의 기억이 떠올라 가슴이 아플 것 같았습니다. 저는 아이의 가족을 위해 기도했습니다.

'이겨나갈 힘을 주세요.'

10여 년이 지난 지금도 아이와 아이의 어머니가 생각납니다. 어느 곳에 계시든지 무엇을 하시든지 아이의 가족이 항상 행복했으면 좋겠습니다. 그렇게 저는 그 아이를 저의 가슴에도 함께 묻었습니다.

오래된 기억인데도 그날의 기억이 생생하게 떠올라 이 글을 쓰는 동안 가슴이 아주 먹먹합니다. 많은 질병 앞에 우리의 존재가 참으로 나약하게 느껴지는 순간이 많습니다. 나약한 우리에게 각자의 상황을 잘 이겨나갈 힘이 있기를 간절히 바라봅니다.

존경하는 사람을 만난다는 것

유세웅

      교수님께서 보내주신 편지를 읽으며 병원이라는 공간에서 아이와 어머니가 감내해야 했던 시간의 무게를 느꼈습니다. 아이와 어머니가 병원에서 보낸 시간을 날씨로 비유하자면 흐리고 비 오는 날이 많았을 텐데, 부디 남은 가족들의 삶에는 맑은 날이 압도적으로 많았으면 좋겠습니다. 오늘도 병원에서는 환자, 보호자, 의료진 모두 흐린 날의 안개를 걷고 각자 할 수 있는 것들을 해내며 묵묵히 버티고 있습니다. 서로 의지하고 함께하며 어려운 시간을 견디는 것이 맑은 날을 빨리 마주할 방법이라고 믿으면서요.

      어려운 시간을 함께한다는 것은 서로 인내하고, 이해하고, 희생해야 함을 의미합니다. 예를 들어, 환자가 수술을 받고 회복하기까지는 혈압과 맥박이 흔들리는 상황, 출혈이 지속되는 상황, 수술 부위 통증을 견뎌내야 하는 상황 등여러 번의 고비를 넘겨야 합니다. 병원 현장에는 긴급하고 중요한 일들이 넘쳐납니다.

이 현장을 뛰어다니는 간호사도 참 어렵습니다. 조금만 판단이 늦어지면 되돌릴 수 없는 상황에 직면할 수도 있다는 부담감을 가지고 일하는 것, 끼니를 거르면서 환자 곁을 지켜도 해결해야 하는 일이 계속 생기는 것 등의 이유로 내면의 여유가 자주 사라진다는 점입니다. 여기서 간호사들은 자신의 감정에 휩쓸리지 않고, 빈틈없이 일을 해내야 합니다.

환자와 보호자 입장에서는 병원이라는 낯선 환경에서 건강했던 시절과 달리 몸과 마음이 약해진 자신(가족)의 모습을 직면해야 하는 점과 '죽을 수도 있다'라는 생각이 엄습할 때마다 불안과 슬픔에 빠질 수 있다는 점이 어려울 것 같습니다. 따뜻한 돌봄과 관심이 필요한 환자와 보호자가 유독 병원에서 차가움을 느끼게 되는 이유, 의료진들이 병원에서 일할수록 성격이 냉정해지고 급해지는 이유는 앞서 말한 '어렵다'는 지점에서 비롯합니다.

웃으면서 일할 수 있는 환경과는 거리가 멀고, 하루에도 여러 번 내적 갈등이 생길 수밖에 없는 병원에서 오래 근무하는 선생님들을 보면 자연스레 존경심이 듭니다. 왜냐하면 1년, 2년, 3년…… 해가 지날수록 병원에 남아 있기보다 병원을 떠나는 간호사가 압도적으로 많은 가운데 자리를 지키고 계신 분들이기 때문입니다.

경험이 많고 실력 좋은 간호사가 많을수록 환자들이 받는 간호의 수준이 높아지는 것은 당연한 일입니다. 똑같은 병원비를 낸다고 했을 때, 누구나 이왕이면 노련하고 실력이 훌륭한 간호사에게 돌봄을 제공받고 싶을 것입니다. 하지만 지금 같이 수많은 간호사가 버티지 못해서 그만두고, 그 자리를 신규 간호사로 채워 넣는 방식이 계속된다면 환자가 병원에 방문했을 때 수준 높은 간호를 기대하기는 어려울 것입니다.

저 또한 수많은 간호사가 고민하듯이 '임상이 나와 안 맞는다'는 느낌을 받은 적이 있습니다. 처음 병원에 입사하여 그토록 꿈꾸던 중환자실에서 일할 수 있게 되었는데, 실제로 배우고 경험한 중환자실 간호사의 모습은 제 예상과는 많이 달랐습니다. 학생 때는 교과서에서 배운 지식을 현장에서 사용하는 모습을 보면서 감탄했다면, 간호사로 일하면서는 근무 중 처리해야 수많은 일 가운데 하나라는 초조함을 느껐습니다. 머리로 순간순간 판단하면서, 몸도 써야 하고, 주변의 상황도 살펴야 하는 업무의 성격이 제게 참 버거웠습니다. 안 맞는 옷을 입은 것 같다는 생각이 들었습니다. 그리고 학생때 꽤 많은 양의 공부를 했다고 생각했는데, 날마다 바뀌는 현장의 속도를 따라가려면 또 다른 공부를 시작해야 했습니다. 환자를 잘 돌봐서 더 좋아지게 해주고 싶은 마음과는 달리 당장 내 앞의 할 일도 버거워하는 내 모습을 보면서 점점 방향을 잃었습니다.

그 시기에 제게 가장 힘이 되어주었던 사람은 동료들이었습니다. 그중에서도 존경하는 사람을 생각하면 떠오르는 세 명이 있습니다. 정서적 부모 역할을 해주신 파트장님, 든든한 형의 역할을 해주신 남자 간호사 선생님, 닮고 싶은 롤모델이 되어주신 책임 간호사 선생님까지. 이 분들을 만나지 않았다면 일찍 병원을 떠나 다른 일을 하고 있었을지도 모르겠습니다. 첫 직장에서 모든 면이 서툴렀던 제게 먼저 다가와주시고, 발전을 위한 조언도 해주시고, 인격적으로 대해주셨다는 점이 세 분의 공통점입니다.

타지에서 올라온 제가 느낀 서울의 첫인상은 차가웠습니다. 병원 주변에 원룸을 알아보는데 사회 초년생이 감당하기에는 보증금과 월세가 무척 비쌌습니다. 그리고 아는 사람 한 명 없는 곳에서 적응하느라 기진맥진한 상태로 집에 오면 밥을 챙겨 먹고, 집안일을 하는 등 일상을 유지한다는 것 자체가 큰일이었습니다.

그러던 어느 날 파트장님과 이야기를 나누게 되었습니다. 제 처지를 공감해주시는 모습에 큰 감동을 받았고, 어느 환자를 돌보며 든 생각을 나누었을 때 함께 울어주셨던 기억은 아직도 가슴에 남아 있습니다. 그리고 간호사들의 부모 역할을 자처하며 집밥이 그리운 부서원들을 위해 손수 요리를 해주시고, 위로와 격려를 통해 부모님의 사랑을 느끼게 해주셨습니다.

처음 간호사로 일하면서 어려웠던 점은 우선순위를 정하는 것, 의사에게 'Notify'* 해야 하는 상황인지 판단하는 것, 그날 담당하는 환자를 제대로 파악하는 것이었습니다. 교육을 받았어도 심장 수술을 받은 중환자를 간호한다는 것은 상당히 쉽지 않은 일이었습니다. 주어진 일을 해내는 것조차 벅차서, 어떻게 하면 환자의 상태가 더 좋아지게 돌볼 수

---

* 환자의 상태가 변화했을 때, 간호사와 의사가 적절한 치료 계획을 수립하기 위해 상의함을 의미하는 용어. 현장에서는 줄여서 '노티'라고 쓰인다.

있을까 고민하고 실천하기가 요원했습니다. 주변 동료들에게 믿음을 주기는커녕 나에 대한 믿음도 흔들리고 있던 그때, 부서에 먼저 입사하여 환자를 돌보던 한 남자 간호사 선생님의 모습이 눈에 들어왔습니다.

환자를 더 잘 돌보기 위해 끊임없이 공부하고, 동료들과 협력하면서 일하는 모습이 굉장히 멋져 보였습니다. 그 남자 간호사 선생님께서는 발전된 간호를 배워 좀 더 성장하기 위해 미국으로 떠나셨지만 지금도 제가 마음이 흔들릴 때나 궁금한 게 생길 때면 연락하고 서로 응원하며 지내고 있습니다.

마지막으로, 부서에서 경력이 가장 많은 책임 간호사 선생님은 실력으로나, 인품으로나 모두 닮고 싶은 분입니다. 걸어 다니는 중환자실 간호사 교과서라고 칭해도 손색 없을 정도로 모르는 걸 물어보면 척척 알려주시고, 항상 주변을 살피며 조용히 다가오셔서 할 일을 도와주시고 사라지십니다. 책임 간호사 선생님의 진면목은 중환자실에서 재원 기간이 길어진 환자의 머리와 몸을 씻기는 등 개인위생을 챙겨주실 때 드러납니다. 선생님은 얼어 있는 환자의 마음을 녹이는 따뜻한 말을 건네고 안부를 물으며 환자의 몸 구석구석을 정성스레 닦아줍니다. 그 모습을 볼 때마다 '한 사람을 전인적으로 돌본다는 것은 선생님이 환자를 간호하는 것을 두고 말하는 것이구나'를 느낍니다.

제가 존경하고, 닮고 싶은 사람들과 함께 일할 수 있다는 사실만으로도 감사한 마음이 듭니다. 존경하는 사람들을 만나면서 목표가 생겼습니다. 환자에게 필요한 것을 놓치지 않고 최선의 간호를 제공하는 것과, 환자이기 전에 한 사람으로 환자를 바라보며 언제나 따뜻하게 다가갈 수 있을 만큼 실력과 내면이 더욱 단단한 사람으로 성장하는 것입니다.

지금 이 순간에도 병원에는 많은 간호사 선생님이 설레고 한편으로는 두려운 마음으로 첫발을 내디디고 있을 것입니다. 저 또한 누군가가 저를 만났을 때 존경하는 사람을 만나는 것과 같은 기쁨을 누릴 수 있게끔 매일 더 나은 사람으로 성장하도록 노력하려고 합니다. 교수님께서도 존경하고, 닮고 싶은 사람을 마주한 적이 있으셨겠죠? 교수님께서 들려주실 이야기가 궁금합니다.

Pay it forward

김주이

9월이 되었고, 학기가 시작됐습니다. 안전하게 한 학기를 시작할 수 있음에 감사한 하루입니다. 코로나19의 어려운 상황 속 간호사를 꿈꾸는 학생들에게 현장실습을 허락해준 여러 병원과 임상에서 하나라도 더 알려주려고 노력해주시는 간호사 선생님들께 감사한 마음이 듭니다.

저에게도 임상 적응에 도움을 준 사람들이 있습니다. 나와 간호사라는 직업의 시작을 함께한 동기들, 부족한 선배를 많이 사랑해준 후배들, 미숙한 저의 모든 잔업까지 묵묵히 해결해주던 든든한 선배들이 있었기에 저 역시 감사하는 마음을 갖고 즐겁게 병원 생활을 할 수 있었습니다. 그 좋은 동료들이 없었더라면 지금까지 간호학이라는 학문을 탐구하지 못했을 거예요. 지금도 어딘가에서 저와 함께 간호를 실천하고 있는 동료들이 참 자랑스럽습니다.

작가님의 편지를 읽으며 떠올린 많은 사람 중에서 오늘 편지에는 저의 은사님, 멘토님 들에 관해 적어보려고 합니다.

저는 병원에 입사한 후 7년간 신경외과 병동에서 근무했습니다. 7년 차 간호사가 되었을 때는 석사를 졸업하고 박사 공부를 계획하고 있었습니다. 그런데 어느 날 갑자기 기획실이라는 부서로 이동하라는 통보를 받았습니다. 간호학 공부를 계속할 계획이 있었기에 근무하던 임상 현장을 떠나는 것에 대한 걱정도 있었지만, 제 삶에 이런 기회가 온 이유가 있을 것이라는 생각을 하며 새로운 곳에서 잘 적응해 지내보자고 마음을 먹었습니다. 그렇게 학위과정을 진행하면서 코스웍Coursework*이 끝나고 학위논문 주제를 정하게 된 시점은 어느덧 임상을 떠난 지 4년의 세월이 흐른 뒤였습니다.

그때 저는 제 정체성이 다소 모호하다고 생각했습니다. 보통 다들 본인이 속한 분야에서 연구 주제를 정하니

---

* 학위과정 시에 수강해야 하는 최소한의 수업 또는 실습.

다. 예를 들어 중환자실에서 근무하는 동료는 중환자 관련 주제를, 정신건강의학과에서 근무하는 동료는 정신건강 관련 주제를, 호흡기내과에서 근무하는 동료는 호흡기질환 관련 주제로 연구 주제를 정합니다. 저는 성인간호학이 전공 분야였고, 임상전문간호사 자격을 취득했기에 저의 박사학위논문에는 이러한 색깔이 잘 담기기를 바랐습니다. 그런데 주변의 많은 사람이 연구의 용이성을 위해 현재 근무하는 부서와 연관된 주제로 논문을 진행하는 것이 어떻겠냐고 조언했습니다.

당시 기획실에서 근무하고 있었기에 다들 저에게 기획실과 간호를 접목한 내용으로 논문 주제를 정하라고 조언했습니다. 예를 들면 '부서별 적정 간호 인력 산정'과 같은 주제였는데요. 매력적인 주제였지만 저는 임상 현장에서 질환이 있는 환자(대상자)에게 간호사가 행하는 간호 중재*를 적용한 효과에 관한 논문을 쓰고 싶었습니다.

고민 끝에 정한 저는 폐쇄성 수면무호흡 환자의 증상 개선을 위해 이설근**을 강화하는 운동에 대한 교육 방법을 개발하고 이를 적용하여 그 효과를 입증하는 연구를 주제

---

*   간호사가 환자의 회복을 위해 도와주는 행위.
**   혀를 내미는 작용을 하는 주된 근육.

로 정했습니다. 즉 저의 논문은 제가 근무했던 신경외과의 질병과도, 당시 근무하고 있던 기획실의 업무와도 긴밀한 관련성은 없었습니다. 하지만 주제는 정말 마음에 쏙 들었습니다. 예방이 중요한 질병, 중재 방법의 개발, 그 중재를 실행하는 간호사의 역할의 중요성 등 제가 원하는 모든 것을 담은 연구 주제였습니다. 문제는 이 연구를 성공하기 위해 익숙하지 않은 환경에서 낯선 사람에게 조언을 구하고, 모르는 부분들을 공부하면서 연구를 진행해야 했습니다.

저는 학위논문 진행을 위해 임상에서 한 번도 함께 일해본 적 없는 이비인후과 전문의인 교수님께 메일을 썼습니다. '제가 이 분야를 잘 모르는데, 이 분야에서 유용한 주제라 생각한 연구를 진행하고 싶습니다. 저에게 조언을 해주실 수 있으신지요?' 그리고 안면은 있지만, 개인적으로 만나뵐 일은 전혀 없었던 임상전문간호사 선생님께도 메일을 썼습니다. '연구 주제에 대한 간호학적 고견을 구하고 싶습니다' 라고요. 초보 연구자인 제가 조언을 얻고자 '제가 이 분야를 잘 모릅니다. 하지만 이런 연구를 구상했고 진행하고 싶습니다. 도와주실 수 있으신지요?'라고 물었을 때 그분들의 답은 언제나 같았습니다.

'물론이지요.'

앞서 소개한 두 분의 교수님은 제 학위논문의 부심 교수님이 되어주셨습니다. 저는 좋은 주부심 교수님들을 만났습니다. 아낌없이 저에게 하나라도 더 알려주려고 노력하는 교수님들 덕분에 저는 의미 있는 논문을 쓸 수 있었습니다. 그분들 외에도 감사한 분들이 참 많습니다. 저는 논문을 쓰는 과정 중 연구의 질을 높이기 위해 재활의학과, 신경과 등 관련 분야 전문의 교수님들께 고견을 듣고자 두서없이 많은 질문을 드렸습니다. 그때마다 모든 분은 관련 논문과 학회의 최신 지식을 알려주시며 제가 묻는 말에 친절하게 답해주셨습니다.

초보 연구자인 제가 각 분야의 대가들께 받은 것을 그대로 돌려드리며 보은할 수 있는 상황은 앞으로 많이 생기지 않을 것입니다. 하지만 저는 이분들께 많은 것을 배웠습니다. 그리고 결심했습니다.

'누군가가 나에게 도움을 요청한다면 내가 아는 바를 아낌없이 나누어야겠다. 나도 이렇게 처음 시작하는 누군가에게 길잡이가 되어줄 수 있는 사람이 되어야겠다.'

한 멘토님이 저에게 말씀해주셨습니다. 많은 것을 받았고 그로 인해 발전했다면 'Pay it forward(선행 나누기)' 하는 사람이 되면 된다고요. 제가 받은 많은 조언과 감사함을 나누기에는 역량이 아직 부족하지만, 계속 성장해서 'Pay it forward' 하는 사람이 되고 싶습니다.

작가님도 수많은 문을 두드리며 열고 나아와 이 자리에 계시겠죠? 그리고 그 과정 중 많은 분에게 지지와 사랑과 가르침을 받으셨을 것이고, 지금은 받았던 그 사랑을 나누고 계시는 중이겠지요.

우리 모두 각자의 자리에서 어엿하게 성장한 사회인이 된 만큼, 오늘 하루는 우리가 받았던 많은 사랑을 'Pay it forward' 하는 날이 되었으면 합니다.

돈가스 특식

───

유세웅

교수님의 편지를 읽으면서 간호학적 의미가 있는 논문을 완성하고자 고민하고 실천했던 교수님도 멋있지만, 기꺼이 도와주는 고마운 사람들과 함께 어우러져 일이 진행되는 과정이 멋있다고 느꼈습니다. 저 또한 적극적으로 문을 두드리고, 타인에게 도움을 줄 수 있을 땐 기쁜 마음으로 도와줄 수 있기를 바랍니다.

저는 이번에 부서 이동을 해서 '장기이식 코디네이터'라는 새로운 역할을 맡게 되었습니다. 심장이식을 전담하게 되었고, 지난주에는 인수인계를 받느라 정신이 없었습니다. 중환자실에 근무하면서 심장이식 수술을 받은 환자를 간호한 경험이 있었지만, 중환자실 간호사와 장기이식 코디네이터의 직무는 확연하게 달랐기에 모든 것이 새로웠습니다.

중환자실 간호사는 심장 수술을 받은 환자가 일반 병동으로 이동할 수 있는 컨디션이 되기까지 돌보는 것이 주요 임무였습니다. 반면 심장이식 코디네이터는 심장이식 전부터 환자와 라포*를 쌓고, 심장이식 과정과 그 이후의 삶까지 함께하며 건강한 일상을 살아가도록 돕는 것이 임무입니다. 저는 오랜만에 신규 간호사의 마음을 느끼며 새로운 업무를 배워나갔습니다. 감사하게도 전임 선생님이 제 상황에 공감해주시고, 친절하게 대해주셔서 많은 감동을 받았습니다. 이렇게 힘들어도 사람들의 따뜻한 마음이 전해질 때면 다시 힘을 얻고 걸어가게 됩니다.

전반적인 심장이식 업무를 배우고, 심장 수술을 받은 환자들을 밤낮으로 돌보면서 이제는 익숙해져버린, 내가 하는 일에 대해서 다시 생각해보았습니다. 숨이 차고 가슴이 아팠던 환자분들이 수술 후에는 숨도 잘 쉬고, 무사히 일상으로 복귀하게 됩니다. 환자 입장에서는 새로운 삶이 주어지는 셈입니다. 진단을 받은 이후, 막막하고 힘들었던 시간을 지나 수술을 받고 회복하는 일련의 과정에서 환자들은 두려움, 불

---

* 환자와 의료진 간에 형성되는 친밀한 신뢰 관계.

안, 감사함과 같이 다양한 감정을 느낄 것입니다. 환자가 병원을 건강하게 퇴원하는 날은 환자와 보호자, 의료진들도 감동하는 순간입니다. 그 순간을 계속 만나기 위해서 오늘도 수많은 의료진이 밤낮으로 땀 흘리며 열심히 환자를 보고 있는지도 모르겠습니다.

얼마 전에는 심장이식을 받기 전에 심실보조장치를 이식한 환아를 돌보게 되었습니다. 심근병증이 있는 친구였습니다. 심근병증이 악화하면 심장의 기능이 떨어져서 숨이 차고, 전신 혈액 순환도 제대로 이루어지지 않습니다. 결국 심장이식을 받아야만 상태가 회복되는 무서운 질환입니다. 심장이식을 바로 받을 수 있으면 좋겠지만 기증자와 혈액형이 일치해야 하고, 소아의 경우 한 해에 이루어지는 장기기증 수술의 건수가 성인에 비해 상당히 적기 때문에 대기 기간 예측이 어렵습니다. 또한 심장이식 수혜 선정 과정에서는 응급도*가 가장 우선시됩니다. 가장 급하다고 여겨지는 응급도 0에 해당

---

* 국립장기조직혈액관리원에서 심장이식 대기자의 응급한 정도를 나눈 기준. 응급도 0부터 4까지 있으며 대표적으로 인공호흡기, 에크모, 비삽입형 심실보조장치 등을 적용 중일 때 급히 심장이식이 필요하다고 인정되어 응급도 0이 된다.

해야 그나마 수혜 확률이 높아집니다. 대기 기간은 혈액형과 응급도에 따라 차이가 있으며, 응급도 0에 비해 상대적으로 응급한 정도가 낮은 응급도 1 기준으로는 대략 최소 6개월에서 2년 이상 기다려야 심장이식을 받을 기회가 옵니다.

그러나 환아의 상태가 나쁠 경우에는 제때 적절한 조치를 취하지 않으면 상태가 급격히 악화될 가능성이 높아서 마냥 기다릴 수는 없습니다. 그렇기에 심장이식을 받기 전에 해볼 수 있는 치료인 심실보조장치를 이식합니다. 몸에 새로운 장치를 이식했기 때문에 통증도 있고, 낯선 중환자실에서 부모님 없이 홀로 힘든 시간을 보내야 하는 순간이 환아에게는 힘들었을 것입니다. 환아는 TV를 보며 잘 지내다가도 갑자기 부모님이 보고 싶다며 울고, 치료받는 과정이 힘들어 울기도 했습니다. 밥을 먹어야 하는 것은 알지만 입맛이 없다며 식사를 거부하기도 했습니다. 몸도 아프지만 마음이 허전하고 불안해서 그런 것처럼 보였습니다. 그래서 최대한 이야기를 많이 들어주고, 시간이 생길 때 부모님과 영상통화도 할 수 있게 해주었습니다. 그러자 환아의 마음이 조금은 진정되었는지, 어느 날 TV에 한우가 나오는 장면을 보고선 제게 말을 건넸습니다.

"선생님, 잠깐 저거 좀 보세요. 아, 지나갔다. 보셨어요?"

"아니, 못 봤는데. 어떤 장면이 나왔어?"

"한우 먹는 장면이 나왔는데 너무 맛있어 보여서
요. 나중에 저 퇴원하면 부모님께 한우 먹으러 가자고 말하고
싶어요. 지금 제일 먹고 싶은 게 한우예요."

한우 먹는 상상을 하며 행복해하는 환아의 모습
에 저절로 미소가 지어졌습니다. 입맛이 없어 귤이나 방울토
마토를 겨우 먹는 상황인데, 식욕이 점점 생기는 것 같아서 다
행이었습니다. 그러던 중 밥을 잘 못 먹는 아이의 상황에 마음
아파하며 직접 샤인머스캣을 챙겨온 동료가 떠올랐습니다. 누
가 시킨 것도 아닌데, 타인의 처지를 공감하고 마음을 나누는
동료의 마음씨가 존경스러웠습니다. 나중에 선생님을 만나면
감사하다고 꼭 인사드리라는 말과 함께 환아에게 샤인머스캣
을 주었는데, 입맛에 맞는지 정말 맛있다며 오물조물 먹는
모습에 흐뭇했습니다.

그날 점심에는 병원에 근무하면서 처음 보는 근
사한 식사가 나왔습니다. 9월의 특식으로 수제 돈가스 정식이
나온 것입니다. 자신이 병원에 입원한 동안 이렇게 맛있는 음
식이 나오는 것은 처음이라며 놀라는 환아의 말을 들으면서

돈가스 특식 · 유세웅

"나도 병원에서 일하면서 이렇게 맛있는 음식이 나오는 것은 처음 보는 것 같다"며 너스레를 떨었습니다. 심장을 수술받는 환자는 주로 성인이 많아 보통은 저희가 흔히 볼 수 있는 병원 밥이 나옵니다. 그런데 소아 식단에서는 한 달에 한 번 정도 특식이 나오는 것 같았습니다. 환아는 돈가스를 맛있게 먹었습니다. 그 모습을 보니 앞으로 환아의 회복 속도가 점점 더 빨라질 거라는 확신이 들었습니다. 배가 불러서 돈가스를 다 먹지 못했다는 아쉬움을 호소하는 환아에게 "얼른 나아서 나중에는 한우 먹으러 가야지"라며 지금까지 먹은 것도 정말 잘한 일이라고 위로해주었습니다.

웃을 일이 잘 없는 병원에서 환아에게 돈가스 특식은 큰 힘이 되었습니다. 정성스럽게 밥을 지어주시고 환아에게 기쁨을 선사해준 영양팀에 감사한 마음이 들었습니다. 앞으로도 돈가스를 먹을 때면 환아 곁을 지켰던 순간들이 떠오를 것 같습니다. 그래서 오늘 밤은 돈가스를 먹고 출근합니다.

사람에게 감동을 주는 것들은 대개 시간과 노력이 많이 들어갑니다. 텍스트로 써서 출력된 편지보다는 편지지 선택부터 한 글자, 한 글자 정성스레 써 내려간 손 편지가 주는 감동이 더 크고, 사주는 음식보다 손수 재료를 준비하고 직접 만들어준 음식이 주는 감동이 더 크기 마련입니다. 말이나 마음에서 그치는 것이 아니라, 직접적으로 환자에게 도움을 제공하고 자신의 안위보다 타인의 안위를 먼저 생각하고 곁을 지키며 돌봐주는 간호라는 행위는 사람이 사람에게 줄 수 있는 가장 큰 감동일 것입니다.

차갑고 우울한 분위기가 맴도는 병원에서 환자가 따뜻함을 느낄 수 있는 때는 환자와 의료진 사이에 인격적인 돌봄이 이루어질 때라고 생각합니다. 오늘도 자리를 지키고 환자를 돌보면서 회복을 위해 가장 필요한 부분을 채워주고 있는 의료진들을 응원합니다.

입으로 먹는 즐거움

김주이

    작가님, 부서 이동으로 인해 새로운 환경에 적응하느라 아주 바쁘셨겠네요. 이동한 부서에서도 많은 것을 배우시면서 잘 적응하시리라 믿습니다. 제가 본 작가님은 긍정적인 태도와 적극적인 자세로 어느 환경에서나 빛을 발하실 것 같아요. 시간이 지나고 보니 익숙한 환경에서 벗어나 새로운 환경으로 가는 것은 늘 도전적인 과제입니다. 그 도전이 없는 익숙한 환경에서 배울 수 있는 것에는 한계가 있더라고요. 아마 작가님도 새로운 곳에서 더 많은 것들을 배우고 성장하시리라 믿습니다.

    작가님의 편지, '돈가스 특식'이라는 제목을 보면서 과연 이번 편지에는 어떤 내용이 담겨 있을까 많이 궁금했습니다. 제가 먹는 것을 많이 좋아하거든요.(웃음) 그래서 제

목에 '돈가스'라는 음식이 적힌 글의 내용이 더욱 궁금해지더라고요. 작가님의 글을 읽으며 입안 가득 돈가스를 넣고 오물오물 씹는 환아의 모습이 상상돼서 즐거웠습니다. 입맛이 없던 환아에게 돈가스 특식이 주는 즐거움이 얼마나 컸을까요? 제가 다 행복합니다. 작가님의 글 속에서 한우를 먹는 상상을 하며 행복해하는 환아, 돈가스를 먹으며 즐거워하는 환아를 상상하며 새삼 먹는 즐거움에 대해 생각해봅니다.

　　　　제가 근무했던 신경외과 병동의 환자들은 대부분 입으로 음식을 먹는 것이 어려웠습니다. 음식물을 삼키기 어려운 연하장애가 있거나, 의식 저하로 인한 기도 흡인 위험성이 높아 비위관*으로 영양을 공급받는 경우가 많았습니다. 코에서부터 위까지 이어지는 튜브를 통해 유동식을 공급받으며 영양을 유지하는 환자들에게 식사 시간은 우울한 시간인 경우가 많았습니다. 그 모습을 보며 제가 일상에서 당연하게 누리는 것들을 누리지 못하는 분들이 계신다는 생각에 마음이 먹먹해지기도 했습니다.

---

*　　코를 통해 식도를 지나 위까지 삽입된 튜브로, 음식물을 입으로 먹기 힘든 환자에게 영양을 공급해야 하는 상황 등에서 사용된다.

앞서 제가 먹는 것을 참 좋아한다고 했는데, 그것은 저희 아버지의 영향이 큽니다. 저희 아버지는 미식가세요. 맛있는 음식을 드시고 즐기시는 것에 큰 가치를 두는 분이십니다. 맛집을 찾아다니시고, 음식마다 각 음식을 즐기는 방법과 조리법에 대한 당신만의 원칙이 있는 분이십니다. 그런 아버지를 보고 자란 저 역시 인생에서 먹는 즐거움이 큰 사람이 되었습니다.

2018년, 저희 아버지는 다발성골수종(다발골수종)이라는 혈액암을 진단받았습니다. 힘든 항암과 방사선 치료를 진행하며 아버지의 연하 작용에 문제가 생겼습니다. 불완전한 연하 작용으로 음식의 일부가 위가 아닌 폐로 넘어갔고, 이로 인해 폐렴에 걸릴 위험성이 높아졌습니다. 담당 의사의 처방에 따라 아버지는 경관 유동식(경관급식)을 시작했습니다. 경관 유동식은 코에서부터 위까지 이어지는 비위관을 통해 유동식을 먹는 것이기에 음식의 맛이 느껴지지 않습니다. 아버지는 그 어떤 음식의 맛도 느낄 수 없게 됐습니다. 아버지에게 알맞은 칼로리의 음식이 위에 채워져도 아버지가 인생에서 큰 가치를 두었던 먹는 즐거움과 미각적인 욕구는 채워지지 않았습니다. 아버지는 많이 우울해하셨습니다. 입으로 음식을 드시고 싶어하셨고, 비위관을 빼달라고 하셨습니다. 비위관을 빼기 위해 재활치료를 통해 연하운동을 받으셨고, 그 결과 음식을 먹을 때 폐로 넘어가는 흡인의 정도가 전보다는 줄었습니다. 그렇지만 완전히 좋아지지는 않았습니다. 아버지와 우리 가족은 그런 상황 속에서 큰 결심을 하고 주치의 선생님과 면담했습니다.

"선생님, 비위관을 빼주세요. 부탁드립니다."

의료진인 저는 아버지가 비위관 영양 치료를 하지 않으면 드시는 음식의 일부가 폐로 넘어가고, 그 결과로 언젠가는 폐렴이 발생한다는 것을 알고 있었습니다. 상황이 악화되면 패혈증으로 이어진다는 것을 모르지 않았지만, 아버지와 가족이 내린 결정에 동의했습니다. 저는 아버지를 제일 닮은 딸이었고, 미식의 즐거움을 잘 알았기에 아버지에게 먹는 즐거움이 얼마나 큰 기쁨인지 알았거든요. 아버지가 완치 불가능한 질병을 진단받는 순간, 우리 가족은 언젠가 우리가 아버지와 이별하는 날이 올 것이라는 걸 더는 부인할 수 없었습니다. 조금씩 아버지의 컨디션이 나빠지는 모습을 보면서 그 이별이 우리의 생각보다 빨리 올 수도 있겠다는 것을 생각해야만 했습니다. 그 과정에서 우리 가족은 마지막 순간까지 아버지가 즐거워하시는 것을 하게 해드리자고 결정했습니다.

입으로 먹는 즐거움 • 김주이

저는 아버지가 입원해 계시는 동안 면회 시간에 어떤 음식을 준비해갈지 매일 고민했습니다. 그 고민의 시간은 저에게 큰 즐거움이었습니다. 저는 아버지를 꼭 빼닮은 딸이었으니 입맛에 꼭 맞는 음식을 준비해갈 수 있었습니다. 아버지는 제가 준비해간 음식을 늘 맛있게 드셨습니다.

아버지는 약 1년 4개월의 투병 끝에 가족의 곁을 떠나셨고 마지막 순간까지 입으로 음식을 드셨습니다. 저희 가족은 그 결정을 후회하지 않습니다. 병상에 누워 밥을 드시지 못하는 분들을 생각해봅니다. 스스로 머리를 감지 못하는 분들, 발톱을 자르지 못하는 분들, 면도를 하지 못하는 분들, 세수와 양치를 할 수 없는 분들……. 제가 본 많은 환자는 수술 부위의 상처나 투약으로 인한 불편함 못지않게 일상에서 늘 반복적으로 해왔던 일들을 하지 못할 때 불편함과 상실감을 느끼셨던 것 같습니다.

입맛이 없어 잘 먹지 못하는 환아를 생각하며 샤인머스캣을 사온 간호사 선생님의 마음을 생각해봅니다. 질병을 앓고 있는 힘든 상황과 병원이라는 낯선 환경에서 평소와 달리 잘 먹지 못하는 환자를 보며, 입맛을 돌게 할 상큼한 과일을 사오는 그 정성은 환자의 상황에 공감하는 마음에서 시작됐다고 생각합니다. 그 공감이 힘든 병원 생활을 하는 환자에게 즐거움과 따뜻함을 주고, 힘든 마음을 회복하는 데 중요한 역할을 했을 것입니다.

　　　아버지가 마지막 순간까지 입으로 음식을 드실 수 있도록 지지한 우리의 결정이 비록 아버지의 여명을 조금 일찍 당겼을 수도 있습니다. 그래도 아버지의 마음을 가족 모두가 공감해드리고 지지해드릴 수 있었음에 감사합니다. 그 결정이 마지막 순간까지 아버지를 행복하게 했다는 것을 우리는 잘 알고 있습니다.

　　　작가님, 문득 궁금해집니다. 환아는 잘 퇴원했을지, 그리고 지금쯤 환아가 바라던 한우를 먹었을지 말입니다. 역시 저는 미식가 아버지의 딸인가 봅니다. 환아의 퇴원만큼이나 환아가 원하던 맛있는 고기를 먹었을지 궁금해지네요. 병상에서 입맛이 없던 환아가 지금은 가족들과 함께 세상 최고로 맛있는 한우를 즐겁게 먹었기를 바랍니다.

2장

성장하는 마음

네발자전거

유세웅

교수님, 그동안 잘 지내셨어요? 오랜만에 편지를 쏩니다. 장기이식 코디네이터라는 일에 적응하는 과정에서 에너지를 많이 쓰다 보니, 어느 순간 마음속 여유가 줄어든 제 모습을 봤습니다. 교수님의 편지를 읽고 받은 감동을 전하기 위해 '얼른 답장을 써야지'라고 생각했는데, 마음과는 달리 순식간에 시간이 흘러갔습니다.

이전 편지에서 교수님의 가족들이 투병 생활을 하던 아버님의 마음을 공감하고 큰 결단을 내린 부분이 인상 깊었습니다. 의학적으로 위험이 있긴 했어도 맛있는 음식을 먹으면서 생활했던 시간 덕분에 아버님이 치료를 받는 과정에서 그렇게 슬프지만은 않았을 것이고, 순간순간 기쁨과 감사함을 누리셨을 것입니다. 가족들의 용기 있는 결정이 정말 잘한 결정이라는 생각이 들었습니다.

저는 종종 중환자실에서 인공호흡기를 하고 있는 환자가 물을 드시고 싶다고 하시면 흡인성폐렴이 올까 봐, 물을 드리기 힘든 상황을 종종 마주치곤 합니다. 나중에 환자분들이 결국 임종하시는 순간이 다가올 때면 그렇게 원하시던 시원한 물 한번 드리지 못했던 게 속상했습니다. 그때의 경험이 떠올라 저는 아버님을 향한 교수님 가족들의 결정이 정말 옳았다고 생각합니다.

요즘 제 생활은 마치 신규 간호사 때와 비슷합니다. 새 일은 원래 하고 있던 일과 성격이 많이 달라서 익히는 데 어려움을 겪고 있습니다. 하루에 엄청난 양의 정보를 받아들이고 있는데, 이해한 줄 알았지만 뒤돌아서면 까먹고, 분명히 알려준 내용인데 나는 또 모르고, 해야 할 건 많은데 집에 오면 시간도 부족하고 왜 이리도 피곤한지……. 딱 병원에 처음 발령받아 교육받을 때의 느낌을 받고 있습니다. 저는 무언가를 처음 시작할 때 설렘과 두려움이 공존하는 감정을 느끼는 편인데, 요즘은 이 순간을 즐기는 설렘보다는 두려움이 조금 더 커졌습니다.

그럼에도 불구하고 일하면서 마주쳤던 소소한 일
상에서 감동받은 적이 있습니다. 일을 배우던 중 어떤 할머니
한 분이 문을 두드리셨습니다. 할머니 손에는 시신 기증을 서
약했음을 증명하는 카드가 있었습니다. 할머니는 할아버지가
오늘내일하시는데 카드에 적혀 있는 담당자가 전화를 받지 않
아서 어디로 연락을 해야 하는지 물어보시기 위해 오신 것이
었습니다. 시계를 보니 마침 점심시간이라 담당자가 잠시 자
리를 비운 것 같았습니다. 그래서 점심시간이 끝나면 전화를
한번 해보시고 그래도 받지 않으면 한 번 더 찾아와 물어봐달
라고 답변을 드렸습니다. 할머니께서는 저희에게 감사를 표현
하시고 발걸음을 옮기셨습니다. 그 순간에는 일상에서 마주칠
수 있는 짧은 순간 중 하나였기에, 배운 것을 복습하고 새로운
일을 배우는 데 몰두했습니다. 그러다 퇴근하고 침대에 누웠
는데, 할머니와의 대화가 떠올랐습니다.

　　　　할아버지가 임종을 앞두기까지 할머니 또한 곁을
지키며 몸과 마음이 지치고 힘든 시간을 보내셨을 텐데, 그 상
황에서도 시신 기증을 떠올리고 실천하시는 할머니의 마음을
생각하니 갑자기 눈물이 났습니다. 삶의 마지막 순간까지 하
나라도 더 주려고 하는 그 마음이요. 그리고 앞으로 일하면서
내가 감히 범접할 수 없는 큰 사랑을 자주 목격하게 될 것 같

은 느낌이 들었습니다.

　　　　하루하루가 치열하지만, 잘 적응해서 환자 및 보호자와 이야기도 많이 나누고, 이식 전후로 건강하게 잘 지내시도록 장기이식 코디네이터 역할을 잘 해낼 수 있기를 바랍니다. 그러다 보면 언젠가 두려움보다는 설렘을 느끼는 순간이 많아지겠지요.

　　　　주말 중 하루는 데이트하러 공원에 잠시 다녀왔습니다. 깨끗한 하늘, 산뜻한 바람, 예쁜 꽃들이 조화를 이룬 모습이 어찌나 아름답던지요. 그냥 길을 걷는 것만으로도 위로가 되었습니다. 혼자 온 사람, 친구들과 온 사람, 연인과 온 사람, 가족과 온 사람 등 다양한 사람들이 한데 어우러져 행복한 시간을 보내고 있는 그 광경이 보기 좋았습니다. 여자 친구와 손을 잡고 길을 걷는데 뒤에서 드르륵드르륵 소리가 들렸습니다. 고개를 돌렸더니 헬멧을 쓰고 있는 아이가 정면을 응시하며 네발자전거를 씩씩하게 타고 있었습니다. 그 모습을 보며 '나도 네발자전거를 탔을 때가 있었지'라며 추억에 잠겼습니다.

　　　　"오빠, 네발자전거 탔을 때 빨리 두발자전거로 갈아타고 싶지 않았어? 다른 사람들은 다 두발자전거를 타고 있는데 나만 네발자전거를 타고 있는 게 자존심 상하는 일이었던 거 같아."

여자 친구의 말을 듣고 공감하며 웃었습니다. 저역시도 네발자전거를 타던 시절에 두발자전거도 잘 타는 동네 사람들을 보면서 부러운 마음이 들었던 적이 있었기 때문입니다. 한편 네발자전거 탔던 때를 생각해보면, 부모님이 뒤에서 잡아주고 계셨음에도 새로운 것에 도전한다는 설렘과 '잘 탈수 있을까'라는 두려움이 공존했습니다. 마치 새로운 일을 배우는 요즘 제 모습처럼 말이죠.

처음에는 서툴렀지만, 네발자전거를 혼자서 타는제 모습을 보면서 부모님께서는 어떤 생각을 하셨을지 궁금합니다. 또한 그때의 나는 어떤 마음이었을지 떠올려봅니다. 아마도 부모님께서는 자식이 커가는 모습을 보며 기쁘기도 하고, 자신의 도움 없이도 하나씩 독립해가는 자식의 모습을 보며 흘러가는 시간이 빠르다고 생각하셨을 것입니다. 저도 처음에는 두려움이 컸지만, 혼자서도 네발자전거를 탈 수 있다는 성취감과 바람을 느끼며 상쾌함을 느꼈습니다. 그러다가 어느덧 성장해서 네발자전거는 시시하다며 두발자전거에 도전했겠지요? 균형 잡기 어려워하고 이리저리 넘어졌던 시간이 무색할 정도로 말이지요.

저는 요즘 새로운 일을 배우는 순간을 네발자전거
를 타는 연습을 하는 것이라 생각하기로 했습니다. 처음에는
전임 선생님께서 많이 도와주시고 뒤도 잡아주셨지만, 어느
때부터는 혼자 해나가고 부딪히면서 성장하는 순간을 마주쳐
야 할 것입니다. 넘어지고 일어나는 걸 반복하다 보면 두발자
전거를 도전하는 순간을 마주하게 되겠죠? 아직 서툴고 성장
해나가는 이 순간을 즐겨보려 합니다. 돌아오지 않는 유년 시
절처럼, 이 순간도 돌아오지 않을 테니 순간순간 최선을 다해
보겠습니다.

성장은 온전히 자신의 몫

김주이

작가님의 부서 이동 이야기를 들으니, 앞서 말씀
드린 저의 경험이 생각납니다. 환자를 직접 간호하던 부서에
서 기획실이라는 행정 부서로 이동하자마자 저는 병원의 새로
운 프로젝트에 참여하게 되어 외부 컨설팅 회사 사람들과 함
께 일했습니다.

외부 인력과 일하다 보니 저에게 업무를 차분하고
상세하게 가르쳐줄 사람이 아무도 없었습니다. 새로운 부서에
와서 열심히 일해보자 마음을 다잡았는데, 제가 할 수 있는 일
이 많지 않았습니다. 누구도 저에게 체계적으로 설명해주며
일을 시키지 않았습니다. 업무에 관해 궁금증이 생겨도 딱히
물을 곳이 없었습니다. 모두가 너무 바빴습니다. 저는 한동안
무얼 해야 할지 몰라 많이 방황했습니다.

새로운 부서에서 신규가 되어버린 저는 과거의 신규 간호사 시절을 생각해보았습니다. 모든 것이 어렵고 힘들고 미숙했던 시절, 환자를 더 잘 간호하려면 스스로 공부하고 노력하는 길밖에 없었습니다. 더 많은 질병에 관해 공부하고, 익숙하지 않은 간호 기술들을 연습하면서 저는 점차 능숙한 간호사가 되었습니다.

　　그때를 생각하며 저는 조금씩 제가 할 수 있는 것들을 찾아 실행해보았습니다. 보고서를 필사하고, 잘 만들어진 엑셀의 함수들을 돌려보았습니다. 그리고 저에게 단독으로 첫 업무가 주어졌을 때 그것들을 활용했습니다. 이동한 부서에서 저에게 주어진 과제는 제 역량으로 하기에 아주 어려웠습니다. 저에게 주어진 첫 보고서도 그랬습니다.

　　과제를 해결하는 모든 과정이 저에게 늘 도전이었습니다. 제가 할 수 있는 것은 묵묵히 그 도전을 감내하는 것이었습니다. 부족하지만 최선을 다하는 것이었습니다. 많이 고민하고 많이 조사해서 보고받는 분들이 보고 싶어 하는 것들을 최대한 담을 수 있도록 노력했습니다. 그러기 위해 많은 시간과 노력을 투자했습니다. 부족한 저의 역량을 알기에 능숙한 누군가가 한 시간이면 끝날 일들을 저는 늘 그 두 배, 혹은 그 이상을 투자해서 해야 했습니다. 그것이 당연하다고 생각했습니다. 다행히 보고의 결과는 매우 좋았습니다.

그렇게 첫 보고가 끝난 후, 크게 두 가지를 깨달았습니다. 하나, 그 어떤 힘든 과제라도 그것을 잘 해결해나간다면 결국 그 과정에서 가장 발전하고 성장하는 사람은 나라는 사실과 둘, 제가 능동적으로 움직였을 때 비로소 저의 역량이 늘어난다는 사실을 말입니다. 당시의 저는 늘 잘하고 싶었지만, 저의 부족함을 알았기에 매 순간 대단히 원대한 목표를 세우기보다 전보다는 조금 더 나은 결과를 내기 위해 노력했습니다. 어제의 나보다 더 나은 오늘의 나를 만들기 위해 묵묵히 고민했던 시간은 실로 많은 것을 얻게 했습니다.

돌아보니 결국 사람은 자신이 노력한 만큼 성장합니다. 같은 환경에서도 분명 더 성장하는 사람과 제자리걸음인 사람, 그리고 후퇴하는 사람이 있습니다. 저 역시 과거의 저와 지금의 저를 비교해보면 많이 성장했음을 느낍니다. 저는 분명 처음부터 잘하는 사람은 아니었습니다. 지금도 부족한 부분이 많지만, 저는 부단한 노력 끝에 수많은 껍질을 깨고 나와 전보다는 더 잘하는 사람이 되었습니다. 그래서 저는 늘 이 명제를 잊지 않으려고 합니다. 그 어떤 상황 속에서도 부단히 노력하면, 묵묵히 이겨내면, 그 상황을 견디면, 도망치지 않으면, 끝내 해낸다면 결국 가장 많은 것을 얻는 사람은 바로 저 자신이라는 것을 말입니다.

　　　작가님, 저는 사실 변화보다는 안정을 좋아하는 사람입니다. 아마 제가 이동한 부서에서 모집 공고를 통해 인력을 채용했다면 저는 지원하지 않았을 것입니다. 이 과정을 통해 제가 깨달은 것이 있습니다.

　　　'아, 도전해야 새롭게 얻는 것이 있구나.'

　　　저는 그런 의미에서 작가님의 도전을 응원합니다. 우리는 모두 알고 있습니다. 가끔 변화가 두렵지만, 변화를 통해 분명 성장하는 것이 있다는 것을요. 그리고 이러한 환경의 변화와 세상의 기회는 모든 이에게 주어지지만 결국 그 기회 안에서 이루는 성장은 온전히 자신의 몫이라는 것을요.

　　　새로운 것을 배우기 위해 새로운 환경에서 노력 중인 작가님을 응원합니다. 밤낮으로 공부하고 있는 작가님을 응원합니다. 낯선 업무에 적응하시느라 바쁘시겠지만 새로운 환경에서 적응하기 위해 치열하게 고민하고 노력하는 모습이 분명 작가님을 또 한 번 성장하게 할 것입니다.

성장은 온전히 자신의 몫 · 김주이

기다림

―――
유세웅

제가 새로운 부서로 이동한 지 벌써 3주째가 되어 갑니다. 하루하루 시행착오를 겪으며 성장하고 있는 와중에 교수님의 경험담을 읽으니 많은 공감이 되었습니다. 현재에 안주하기보다는 도전을 즐기고 할 수 있는 것들에 집중해보겠습니다.

요즘은 '유길동'이라고 불릴 만큼 여러 지역을 돌아다녔습니다. 목동, 강남 등의 서울 지역은 물론이고 인천, 대전에도 다녀왔습니다. 병원에 입사하고 처음 구급차를 타봤는데, 생각보다 좌석이 많이 흔들려 어지럽더군요. 촌각을 다투는 상황에서 예상 도착 시간을 계속 확인하며 이식 수술이 원활히 이루어지게끔 여러 사람과 의사소통하기도 했습니다.

바쁜 가운데 인상 깊었던 순간은 도로에서 길을 양보해주시는 시민들을 볼 때였습니다. 한 번은 퇴근 시간에 나가게 되었는데, 도로에는 차량이 많았습니다. 어떻게 이동해야 하나 막막함을 느꼈는데, 막상 구급차가 다가가니 운전자들이 양보해주셔서 마치 홍해의 기적처럼 차량이 양쪽으로 갈라지며 길이 생겼습니다. 저는 그때 모든 사람이 한 생명을 살리기 위해서 협력한다는 느낌을 받았습니다. 여러 사람의 도움으로 다행히 의료진과 장기는 제시간에 병원에 도착할 수 있었고, 장기이식 수술도 성공적으로 마쳤습니다.

평소에는 입원한 이식 대기자분들, 이식을 받고 회복 중인 분들을 방문하여 이야기를 나누고, 필요한 경우에는 교육을 진행합니다. 제가 맡고 있는 심장이식은 살아 있는 사람 간에서는 할 수 없고, 뇌사자가 발생한 경우에만 이식이 가능합니다. 그래서 심장이식을 받기 위해 대기자로 등록한다고 해서 바로 수술을 받을 수 있는 건 아니고 응급도, 혈액형 등 여러 조건에 따라 대기 기간이 결정됩니다. 최근에는 이식을 기다리는 사람은 늘어나고, 기증자는 줄어들고 있어서 이식 대기자의 대기 기간은 점점 길어지고 있습니다.

환자분들과 이야기를 나누다 보면 공통으로 호소

하는 어려움이 있습니다. 그것은 바로 기다림입니다. 기약 없는 기다림 앞에서 초조함과 막막함을 숨길 수 있는 사람은 아무도 없습니다. 이식을 대기하는 분들은 같이 병원에서 지냈던 다른 환자는 심장이식을 받고 퇴원했는데 나만 병원에 홀로 남는 것 같아 불안함을 호소하기도 하고, 누군가가 뇌사 상태가 되어야만 자신이 심장이식을 받을 기회가 온다는 사실에 불편한 감정을 느끼기도 합니다.

제가 노력해 환자분들의 불안함과 불편을 해소할 수 있다면 더 열심히 노력하겠지만, 어디 가서 심장을 구해올 수 있는 것도 아니기에 그저 그분들의 이야기를 경청하며 기다리는 시간을 함께하고 있습니다.

저는 기다림이 익숙합니다. 흉부외과 중환자실 간호사로 일했을 때는 수술 후 아직 의식이 확인되지 않은 환자가 빨리 깨어나길 바라며 기다린 적이 많았습니다. '지금 내 앞의 환자를 살릴 수 있을까?'라며 의구심이 들 때도 제가 할 수 있는 최선의 처치를 하면서 하루, 이틀, 일주일, 한 달을 기다린 적도 있었습니다. 시간이 흘러서 환자의 상태가 회복되고, 몸에 삽입했던 장치들을 하나둘 제거하고, 환자 스스로 밥도 먹고 이야기도 나눌 수 있게 될 때마다 기다림의 보람을 느꼈습니다.

물론 심장이식을 대기하는 분들의 상황과는 조금 다르긴 하지만, 기약 없는 기다림이라는 점에서는 기다림의 결이 비슷한 것 같습니다. 이런 상황 앞에서 초연할 수 있는 사람이 과연 얼마나 있을까요? 자신이 상황을 통제할 수 없다는 것에서 오는 불안함이 기다림을 어렵게 하는 것이 아닐까요?

　　제가 비슷한 상황에 처한다면 무력감을 느끼기도 했을 것이고, 심장이식이라는 마지막 희망의 끈을 바라보며 버텨보려고 했을 것 같기도 합니다. 제가 만난 환자들은 기다림에 지쳐 있긴 했지만, 식사와 운동을 열심히 하면서 시간을 보내고 있었습니다. 그렇게 지내시는 환자분들의 모습을 보면서 되려 위로를 받았던 적이 많았습니다. 새로운 삶이 시작될 수도, 주어진 삶이 끝날 수도 있는 경계에 서 있는 상황에서 환자분들의 씩씩한 태도는 빛이 났습니다.

　　심장이식 코디네이터로서 기다림을 헤쳐나가는 과정은 긴장감과 급박함을 동반합니다. 언제 뇌사자가 발생했다고 연락이 올지 모르기 때문에 항상 핸드폰이 울리는지, 문자가 도착한 건 없는지 확인합니다. 연락을 받게 되면 신속하게 상황을 판단해야 합니다. 기증자의 숭고한 뜻이 생명 나눔으로 이어질 수 있도록 심장이식 대기자들의 수혜 선정과 관련한 전체적인 과정을 조율합니다. 심장이식 수혜자로 선정되는 과정, 심장이식에 필요한 물품을 준비하는 과정, 사람들과 의사소통하며 교통편을 준비하는 과정, 심장의 냉허혈 시간*을 1초라도 줄이고자 최선의 동선을 짜고, 도착 예상 시간을 알리는 과정까지 한순간도 긴장의 끈을 놓을 수가 없습니다.

역설적이지만 제가 바쁘고 연락을 많이 받을 때가 심장이식을 기다리고 있는 환자에게는 가장 반가운 순간이 아닐까요. 그래서 제가 할 수 있는 만큼 긴장감과 급박함을 즐기면서 기쁘게 일을 감당하고 싶습니다. 그것이 심장이식 코디네이터로서 심장이식을 기다리는 환자분들에게 줄 수 있는 가장 큰 선물이라고 생각하기 때문입니다.

기다림에는 삶을 향한 의지가 담겨 있습니다. 기다릴 수 있다는 건 무언가 바라는 것이 있다는 것이고, 무언가 바라는 것이 있다는 건 아직 삶을 살아가볼 만하다고 생각하는 것 아닐까요? 저는 오늘 무엇을 기다리고 있는지 되돌아봅니다. 환자의 회복, 가족들과 보내는 시간, 마음 맞는 사람

---

* 혈액의 공급이 끊어진 상태에서 기증자로부터 장기를 적출하여 장기 보존액과 함께 포장 후 아이스박스로 운반하여 수혜자에게 장기를 이식할 때까지 걸리는 시간. 심장에게 허락된 허혈 시간은 4~6시간 이내로 알려져 있다.

들과의 만남까지. 하나씩 나열하다 보니 공통점을 발견했습니다. 그건 바로 '사랑'입니다.

기다림은 사랑인 것 같습니다. 사랑하기 때문에 기다릴 수 있고, 무수한 어려움을 기꺼이 감당합니다. 제가 기다림을 잘하는 사람이 되면 좋겠습니다. 또 기다리는 사람을 위해 어려움을 감당할 수 있는 사람이 되면 좋겠습니다. 심장 이식 코디네이터라는 일을 잘 해내면서, 사람을 사랑하는 마음이 더 커지는 게 앞으로의 목표입니다.

교수님은 무엇을 기다리고 계실까요? 교수님이자, 한 가정의 엄마로서 너무 정신없이 바빠서 무언가 기다릴 겨를이 없으실까요? 교수님의 답장을 기다리며 저는 또 다른 기다림을 감당하러 가보겠습니다.

아이의 속도

김주이

이번 주에 제가 가장 기다린 것은 작가님의 글이 었습니다. 낯선 환경과 변화한 상황 속에서 쓰인 작가님의 글에 어떤 내용이 담길까 궁금했습니다. 마침내 받은, 작가님의 글에 더 발전하고 나아가고자 하는 노력이 담겨 있어서 참 좋았습니다. 제가 작가님의 글을 기다리는 동안, 작가님은 단단한 경험을 하셨고 그 경험은 저에게 아름다운 글이 되어서 도착했네요.

제 성격이 대단히 급하다고 볼 수는 없지만, 업무 현장에서 저는 늘 빠른 피드백을 원하고, 계획한 바는 빠르게 처리하고, 원하는 바는 시시각각 체크하는 성격이에요. 쓰다 보니 그냥 성격이 급하다고 인정하는 게 맞을 것 같기도 하네요. 저같이 성격이 급한 사람도 어찌할 수 없이 기다려야 하는 것들이 있습니다. 그중 하나는 열 달 동안 배 속에서 아이를 품는 일이에요. 아이는 엄마의 배 속에서 일정 기간 자라야 세상에 나올 준비를 하니까 아무리 성격이 급한 엄마도 아이의 속도를 기다려야만 합니다.

저는 33살에 결혼해서 34살에 첫째를 낳았습니다. 지금 결혼 평균연령을 보면 그리 늦은 나이도 아닌데 당시 저는 나이가 있으니 빨리 아이를 가져야겠다는 생각을 했습니다. 결혼 후 7개월 만에 아이가 생겼으니 지금 생각해보면 첫째가 우리 부부를 빨리 찾아와준 것이었는데, 7개월 동안 아이가 생기지 않아 초조한 마음이 드는 날도 있었습니다. 임신 테스트기에 두 줄이 그어졌을 때, 그날의 온도와 공기, 가족에게 전화하던 순간의 분위기까지 아직 모두 생생히 기억납니다. 그만큼 저는 그날을 간절히 바랐고 그 바람이 이루어졌을 때 세상 누구보다 행복했습니다. 첫째는 저에게 찾아온 축복이라, 아이의 태명도 '축복이'로 지었습니다.

늘 기쁨으로 가득했던 저의 임신 과정 중에 당황스러운 소식이 있었습니다. 임신 후 받은 기형아 검사에서 고위험군 결과가 나온 것입니다. 저는 그 검사에서 고위험군이 나와도 아이가 기형 없이 태어날 확률이 높다는 것을 모르지 않았는데, 그 결과를 듣고서 그만 펑펑 울고 말았습니다. 너무 놀라고 당황했습니다. 저를 진료해주신 산부인과 교수님께서 검사의 정확도가 높지 않으니 더 정확한 검사를 위해서는 양수를 채취하는 양수천자를 해야 한다고 말씀하셨습니다. 저는 교수님께 물었습니다.

"양수천자를 해서 결과가 더 정확해지면 제가 할 수 있는 처치가 있나요?"

"아니요. 없습니다."

"그럼 저는 하지 않겠습니다."

아이는 저에게 찾아왔고 결과가 어떻든 저의 상황이 변하는 것은 아니었습니다. 지금부터 제가 할 일은 아이가 건강하게 세상에 태어나기를 기다리는 것이었습니다. 그렇게 기다림이 시작되었습니다.

첫째를 임신했을 당시 저는 회사에서 근무하며 학업을 병행하고 있었습니다. 배 속의 아기는 늘 저의 가장 든든한 친구이자 지원군이었습니다. 저는 늘 혼자가 아니었습니다. 아이와 같이 근무하고 같이 공부하고 어디든 함께 다녔으니까요. 안 그래도 중얼중얼 혼잣말을 많이 하는 편인데 그 당시는 혼잣말 아닌 혼잣말을 참 많이도 했습니다.

"엄마는 오늘 학교에 갈 거야. 축복이랑 같이 공부하는 거야."

"축복아, 엄마는 지금 발표 자료를 만드는 중이야. 어떻게 만들면 좋을까?"

"축복아, 오늘 하루도 함께해서 정말 좋았어."

"잘 놀고 있지? 엄마도 건강하게 잘 지내고 있어."

"축복아, 많이 보고 싶어. 우리 건강하게 만나자."

만삭이 되었을 때 저는 박사과정의 코스웍을 끝내고 졸업시험을 보았습니다. 출산일이 가까워졌을 때는 학위논문 주제를 정해 교수님들과 동료들 앞에서 발표했습니다. 발표 당일, 교수님이 저를 소개하던 말씀이 생각납니다.

"지금 발표는 두 사람이 하는 겁니다."

학위논문 주제 발표 4일 후, 저의 첫째 아이가 세상에 태어났습니다. 정말 기가 막힌 타이밍이지요. 제가 아이를 기다린 만큼 아이도 저의 모든 과정을 배 속에서 기다려 준 것 같았습니다.

'축복이'가 세상에 나왔을 때 분만실에 있던 모든 의료진이 크게 웃었습니다. 첫 번째 이유는 '축복이'의 울음소리가 너무나 커서였고, 두 번째 이유는 '축복이'의 머리숱이 너무나 많고 까맸기 때문입니다. 산부인과 교수님은 저에게 말씀하셨습니다.

"분만실에서 오늘 태어난 아이 중 울음소리가 가장 커요. 많은 날 마음고생했을 텐데 건강한 아이가 태어났습니다."

그 말을 듣는 제 눈에서는 눈물이 또르르 흘렀습니다. 제 옆에는 정말 건강하고 천사 같은 아이가 누워 있었습니다.

작가님이 저에게 무엇을 기다리고 있냐고 질문했을 때, 저는 무엇을 가장 많이 기다리며 살고 있는지 생각해보았습니다. 사실 성격이 급한 제가 무언가를 기다리는 일은 많이 없습니다. 그런데 생각해보니 지금까지도 가장 많이 기다리는 것은 아이의 속도라는 생각이 듭니다. 축복이가 건강하게 저의 곁에 와주기를 기다렸던 것처럼요. 아이를 육아하며 매 순간 아이의 속도를 기다립니다. 어설프게 단추를 채우는 일, 스스로 양말 신기, 프랑스인처럼 한 시간 넘도록 밥 먹는 아이의 속도를 기다려주기 등등.

오늘도 5분이면 가는 어린이집에 30분을 돌아서 갔습니다. 아이는 모든 것이 늘 궁금하고 새로운 것을 해보고 싶고, 때로는 다른 길이 가보고 싶고, 가는 길에 보이는 나뭇잎 한 장도 신기한 날이 많으니까요. 머리로는 잘 알지만 현실에서 아이의 속도를 다 기다려주지 못하는 날도 많습니다. 제 삶은 아이의 삶보다 늘 더 빠르게 돌아가니까요. 그렇지만 그 기다림 자체 또는 그 기다림의 결과가 늘 저를 행복하게 해준다는 것을 너무나 잘 알고 있습니다.

　　그래서 저는 오늘도 기다립니다. 가끔은 참을 인을 그리면서요.(웃음) 오늘도 아이가 빨리 잠들기만을 기다리다가, 아이가 잠든 시간에 이 편지를 써서 보냅니다.

아이의 속도 · 김주이

유한함 속 무한함

———

유세웅

주어진 시간 내에 맡겨진 일을 잘 해내려면 효율을 생각하지 않을 수 없습니다. 그런데 아이의 속도를 맞춰주는 교수님의 모습이 역설적으로 최적의 효율을 발휘하는 방법이라는 생각이 들었습니다. 물론 계획대로 안 될 때가 많지만, 유한한 인생에서 사랑하는 아이와 함께하는 시간이 좀 더 허락된 것일 수도 있으니까요. 교수님의 글을 읽으며, 무엇이든지 빠르게 앞서나가는 것만이 정답이 아니라는 사실을 다시금 곱씹어 보았습니다.

이제 일을 몰입해서 할 수 있어서인지, 해가 지는 시간이 빨라져서인지, 시간이 무척 빨리 지나갑니다. 출근하면 이식을 받은 분들과 이식을 받아야 하는 분들의 상태를 확인하고, 회진에 참여해서 치료 계획을 공유하고, 업무 중간에 시간을 내서 환자 및 보호자 분들의 마음을 살핍니다. 병실에는 노트북과 태블릿이 있고 책도 쌓여 있습니다. 병원에서 치료를 받고 이식을 기다리는 동안 환자분들은 각자의 방법으로 초조함과 불안함을 달래고 있습니다. 고개를 돌려 병실 창밖을 보니 붉게 물든 단풍 사이로 사진을 찍는 사람들이 보입니다. 창문 하나 사이로 보이는 두 광경은 대조적입니다.

　　　　건강한 사람들은 사랑하는 사람들과 함께하며 추억을 쌓는 일이 당연합니다. 하지만 제가 병원에서 마주치는 분들은 당장 사느냐, 죽느냐의 갈림길에 서 있기에 추억을 쌓는 일이 당연하지 않습니다. 언제 이식받을지 모르는 기약 없는 기다림과 함께 환자분들의 시간은 계속 흘러가고, 상태가 좋지 않은 환자와 가족들은 당장 주어진 시간이 얼마 남지 않았음을 느끼게 됩니다. 사랑하는 사람과 건강한 모습으로 오랫동안 함께할 수 있으면 얼마나 행복할까요? 가끔은 시간의 유한함에 안타까운 마음을 숨길 수 없습니다.

　　　　카르페디엠Carpe diem이라는 말을 들어보셨겠지요? 지금 살고 있는 이 순간에 충실하라는 뜻의 라틴어입니다. 제가 가끔 사색에 잠겨서 흘러가는 시간이 아쉽고, 허무함과 우울감이 찾아올 때 떠올리는 말입니다. 요즘은 삶의 유한함을 마주하고 있는 환자분들을 주로 대하다 보니 괜스레 저 또한 삶의 유한함에 대한 생각을 많이 했습니다. 감사하게도 저는 지금 하는 일에서 보람을 느끼고 적성에 맞아서 기쁜 마음으로 일하고 있는데요, 어떻게 하면 내 앞의 환자 및 보호자가 현재 처한 삶을 받아들이고 극복할 수 있도록 도움을 줄 수 있을지 고민하고 있습니다.

그러던 어느 날, 환자 및 보호자분들과 이야기를 나누게 되었습니다. 컨디션은 괜찮은지, 요즘 어떻게 지내고 있는지와 같은 일상적인 질문에 다들 별일 없이 잘 지내고 있다고 말씀해주셨습니다. 그리고 그분들이 이어서 해주신 답은 저의 고민을 해결해주었습니다.

"언제 심장이식을 받게 될지는 하늘에 맡기고 일단은 잘 먹고, 운동하고, 긍정적인 마음으로 지내려고 노력하고 있습니다." "제가 원래 미술을 전공했어요. 병원에서 심심하니까 찰흙을 가져와서 캐릭터를 하나씩 만들고 있는데 하다 보니 기다리는 시간이 그렇게 슬프지만은 않아요." "보호자로서 환자를 하루 종일 돌보다 보면 많이 지치고, 어디 하소연할 곳도 없는데 코디 선생님이 와서 이야기 들어주는 것만으로도 위로가 되네요. 고맙습니다."

제 걱정과는 달리 환자와 보호자 분은 자신이 처한 상황에서 할 수 있는 최선을 다하며 카르페디엠을 누구보다 잘 실천하고 있었습니다. 병상에서 하루하루 일기를 쓰며 지내는 분, 부모님께서 사주신 레고 블록을 멋지게 조립하고 있는 아이, 스케치북에 그림을 그리며 부정적인 감정을 승화시키는 분까지. 어려운 상황에서도 각자 자신이 할 수 있는 것을 해나가는 그 모습이 정말 멋지고 존경스러웠습니다.

환자분들이 오랜 시간 병원에서 버틸 수 있는 요인 중에 빼놓을 수 없는 것은 바로 가족입니다. 치료 과정이 아무리 힘들어도 나를 사랑해주고 돌봐주는 사람을 보며 환자들은 힘든 치료를 버팁니다. 유한함 속 무한함을 느끼게 하는 것은 서로를 향한 사랑임을 매일 목격합니다. 누군가를 돌보는 일은 신체적으로나 정서적으로 상당한 소진이 일어나는 일입니다. 그럼에도 가족들은 어제도, 오늘도, 내일도 환자 곁을 지키고 돌보며 힘든 순간을 함께합니다. 환자가 느끼는 가족의 사랑과 따뜻하게 위로받은 마음은 아마도 무한히 간직될 것입니다.

틈틈이 환자 및 보호자를 찾아뵈면서 지치지 않게끔 마음을 살피는 일이 제게 주어진 임무라고 생각합니다. 부디 병원에서 회복하는 시간을 보내고 있는 분들이 힘든 기억보다는, 가족 간의 사랑이 깊어지고 서로에게 감사함을 느꼈던 기억을 가지기를 바랍니다.

글을 쓰다 보니 제가 남은 주말이 유한하다는 사실을 깨닫습니다. 내일은 일주일 만에 여자 친구를 보러 가는 날인데, 그동안 고생한 여자 친구를 어떻게 웃게 할 수 있을지 고민해봐야겠습니다. 아직 단풍이 남아 있으면 좋겠습니다. 예쁜 풍경을 보면서 이번 한 주도 수고했다고, 함께할 수 있는 지금이 소중하고 행복하다고, 맛있는 걸 챙겨주면서 다시 한 주를 힘차게 살아갈 수 있도록 응원할 계획입니다. 그렇게 이번 주말은 지나가겠지만 저희가 쌓은 추억은 서로의 가슴속에 무한히 남겠지요. 유한함 속 무한함을 쌓는 소중함을 누리며 현재를 충실히 살아보겠습니다.

우리를 이곳에 있게 하는 이유

———

김주이

　　작가님이 이야기한 유한함 속에 무한함을 쌓는 소중함에 대해 생각해보았습니다.

　　이번 주에 행복에 관한 책을 한 권 읽었는데요. 책에서 '정해진 시간 안에 본인이 좋아하는 것을 적어보라고 했을 때, 좋아하는 것을 구체적으로 많이 기술할수록 행복 지수가 높다'는 연구 결과를 읽었습니다. 저도 그 글을 읽고 1분간 제가 좋아하는 것들을 적어보았습니다. 꽤 많은 것들을 구체적으로 적은 목록을 보면서 저는 참 행복한 사람이라는 생각을 했습니다. 실로 저는 제가 늘 행복하다고 생각하거든요. 제가 적은 몇 가지는 '책을 읽다가 내 마음과 꼭 닮은 글귀를 읽었을 때, 운전하다가 내가 좋아하는 노래가 나오는 순간, 저의 아이들이 서로 챙겨주며 알콩달콩 노는 모습을 볼 때, 열심히 일한 성과가 잘 나왔을 때, 가치가 맞는 사람과 대화하기'와 같은 것들이었습니다.

　　　제가 적은 것들을 다시 한번 읽어보면서 그 모든 것들이 굉장히 평범하고 일상적인 것들이라는 사실을 새삼 깨달았어요. 행복은 평범한 일상에 늘 있는데 그것을 내가 깨닫는 순간과 그렇지 못한 순간들이 있는 것 같습니다. 평범한 일상에서 행복을 발견하는 순간, 그 순간들이 유한한 삶 속에서도 무한하게 즐거운 기억으로 자리하여 인생을 아름답게 만드는 것이 아닐까요?

　　　이번 편지는 그 즐거운 기억에 대해 이야기해보려고 합니다. 작가님을 지금까지 임상에서 근무하게 만드는 즐거운 기억은 무엇일까요? 이번 주에 저의 지도 학생이 면담 신청을 했어요. 학생이 이런 말을 하더군요.

　　　"교수님, 저는 임상이 두려워요. 제가 그곳에서 잘할 수 있을지 모르겠어요. 3교대도 두렵고, 다들 너무 힘들다고 하니까 걱정이 많이 돼요."

　　　학생의 이야기를 들으며 학생이 어떤 마음일지 생각해보았습니다. 저 역시 간호사로 근무하기 전, 막연히 두려웠던 시기가 있었던 것 같아요. 작가님도 그런 시절이 있으셨겠죠? 저는 그때의 마음을 생각하며, 그리고 그 길을 지나온 제 경험을 더해서 저는 학생에게 이야기를 했습니다.

"그래, 맞아. 힘들고 어려워. 거짓으로 포장하지 않을게. 다 좋다고 말하지 않을게. 임상은 정말 힘들어. 3교대도 힘들고, 사람들과의 소통도 어렵고, 새로운 사람과 사귀는 것도 어색하고, 조직에는 나를 힘들게 하는 사람도 있고, 일은 많고, 긴박한 상황에서 늘 긴장되고, 아픈 사람을 대하는 일도 어렵고, 그 보호자의 예민함을 받아주는 것도 쉽지 않아. 맞아, 그곳은 정말 힘들어."

현실적인 교수의 조언에 학생의 표정은 점점 더 어두워졌겠죠? 저는 이어서 이야기했습니다.

"그런데 나는 그곳에서 15년을 일했거든. 사실 하루하루가 힘들었는데, 기억해보면 오히려 많은 날이 즐거웠어. 돌아보면 그 힘든 상황들을 즐겁게 지나게 해준 많은 요소가 그곳에 있었어. 임상 현장의 업무와 상황들은 99%가 힘든데 그 99%를 잊게 해주는 1%가 있었던 거야. 나의 1%는 이런 것들이었어. 일단 정말 좋은 동료들이 있었어. 나를 포함해 6명의 동기가 있었는데 늘 근무가 끝나면 수다를 떨고, 맛있는 것을 먹으러 다니고, 힘들었던 일들을 나누며 위로받았어.

그러면 다음 날 출근하는 발걸음이 마냥 무겁지만은 않았어. 동기들과 같이 일하는 날은 '아! 오늘은 일이 많으면 서로 도우며 일할 수 있겠다' 생각했지.

좋은 선배들도 있었어. 미숙하고 어설픈 내가 잔업을 많이 남긴 날에도 선배들은 기꺼이 나를 도와주었어. 사랑스러운 후배들도 있었어. 부족한 것투성이인 나를 마냥 좋아해주고 롤 모델로 삼아주었지. 병원은 늘 차가운 곳일 것만 같았는데 따뜻함이 있는 곳이었어. 힘든 일이 생기면 모두가 함께 돕고, 아픈 일이 생기면 모두 달려와 위로해주는 그런 곳이더라. 환자도 그 가족들도 함께 시간을 지내다 보면 다정한 마음이 들더라. 그래서 '내가 하는 간호라는 행위가 누군가에게 힘이 되고, 치유와 회복에 도움이 되는구나, 내가 하는 일이 정말 좋은 일이구나'라고 생각하게 되더라.

점차 간호학이라는 학문에 대해 공부하고 싶어졌어. 공부하려면 임상의 경험이 있어야 하더라고. 그래서 힘든 순간도 참아내며 일했어. 근데 그 과정이 마냥 괴롭지만은 않았어. 성취하는 기쁨이 있었어. 그리고 현실적으로 말이야. 매달 들어오는 월급이 적지 않더라."

월급을 이야기할 때 학생의 표정이 제일 밝았던 것도 같습니다.

"각자가 느끼는 매력적인 1%는 다 다를 거야. 너역시 그 1%를 찾게 될 것이고, 너를 그곳에 있게 할 거야. 그 1%를 찾지 못했으면 그곳을 나와도 괜찮아. 하지만 지레 겁먹을 필요는 없어. 늘 힘들기만 한 곳은 아니야. 세상은 살아보니 그렇더라. 힘들고 고된 순간에도 나를 그곳에서 버틸 수 있게 해주는 많은 긍정적이고 아름다운 것이 곳곳에 있더라고. 임상 현장에 간다면 잘 찾아내길 바랄게. 네가 그곳을 매력적이고 아름답게 볼 수 있게 해줄 무언가를 말이야."

학생은 면담을 마치고 저의 연구실에 들어올 때보다는 밝아진 표정으로 연구실을 나갔습니다. 그리고 저는 진심으로 그 학생이 자신만의 매력적인 1%를 찾아내기를 바랍니다.

간호 근무 환경의 열악함은 학계가 지속적으로 제기하는 이슈입니다. 우리는 정말 힘든 근무 환경에서 일하고 있습니다. 임상 현장에서 근무하고 있는 간호사 수는 해마다 차이가 있겠으나 간호사 국가고시를 통과해 면허증을 획득한 간호사 수의 약 50% 정도에 불과합니다.[*] 우리나라 상급종합병원에서 근무하는 간호사 1명 당 담당하는 평균 환자 수는 미국의 약 3배가 넘는 수준이라고 합니다.[**] 간호인력 1인당 간호하는 환자 수가 높다는 것은 그만큼 업무가 많다는 것과 일하기 힘든 환경임을 의미합니다. 자격증을 소지한 간호사 중 근무하고 있는 사람이 적은 이유에는 이러한 힘든 근무 환경도 영향이 있을 것입니다.

우리는 후학들을 위해 분명히 이러한 부분을 개선해 나가야 합니다. '힘들지만 좋은 점을 찾아봐. 힘들지만 좋은 것도 많아'라고만 말하고 싶지는 않습니다. 우리는 간호 근무 환경 개선을 위해 많은 부분 노력하고 있습니다. 간호사 1인당 환자 수 감소, 유연근무제, 좋은 리더를 정착시키기 위한 노력, '태움'과 같은 문화를 개선하기 위한 활동 등은 지속적인 우리의 노력을 보여줍니다. 그럼에도 아직 나아가야 할 길은 많이 남아 있습니다.

우리가 근무하는 환경은 실로 열악합니다. 일이 많아 바쁘고 힘듭니다. 그 힘듦을 모르지 않는데도 우리가 이곳에 있는 이유는 무엇일까요? 각자의 이유가 조금씩은 다르

---

*   김주연, 「간호사 면허자 중 절반만 의료기관 근무…"간호법 제정해야"」, 청년의사, 2023.06.15.
**   천호성, 「간호사 1명당 환자 수, 선진국 3배…16명 → 5명으로 줄인다」, 한겨레, 2023.04.23.

겠지만 분명 우리가 이곳에 있는 이유가 있습니다. 작가님, 학
생들에게 조금 더 들려주고 싶습니다. 작가님께서 아직 임상
에 계신 이유를 들려주세요.

눈물을 닦아주려면

———

유세웅

얼마 전에 안타까운 기사를 접했습니다. 어느 병원에서 근무하던 간호사 선생님께서 사망했다는 소식이었습니다. 자세한 내막은 알 수 없었으나, 기사의 내용을 보니 태움으로 인해 스트레스를 굉장히 받으셨을 거란 생각이 들었습니다. 열심히 공부해서 간호사가 되었고, 병원에서 간호사로 성장하여 사람들을 돌보았을 소중한 동료는 이제 우리 곁에 없습니다. 남아 있는 사람들이 할 수 있는 건 동료를 죽음으로 몰고간 원인을 밝혀내는 것, 상황을 개선하는 것, 성숙한 문화를 만들도록 노력하는 것입니다.

병원이라는 공간에는 슬픔이 흩뿌려져 있습니다. 자기 몸이 예전 같지 않다는 사실을 마주해야 하고, 좋다는 약을 다 써보는데도 호전되는 속도가 더디거나, 오히려 악화하는 상황 앞에서 어느 누가 슬퍼하지 않을 수 있을까요? 환자와 보호자가 느끼는 슬픔만큼이나 의료진이 느끼는 슬픔도 큽니다. 의료진이 실수 없이 일 처리를 하고 환자의 상태를 회복시키는 것은 칭찬받을 일이 아니라 당연한 일입니다. 한 명이 해내야 하는 일이 만만치 않은 상황이어도 작은 실수가 환자에게는 치명적일 수 있기에, 한 번 더 확인하고, 더 좋은 방법이 없는지 판단하며 일을 해내야 합니다. 그래서일까요. 병원에서 일하는 사람들의 표정을 보면 주로 무표정하거나, 심각하거나, 뭔가에 쫓기듯 바쁜 기색이 역력합니다. 이제 막 대학을 졸업하고 병원에서 일하기 시작한 인턴, 레지던트 의사, 신규 간호사 들이 그들에게 주어진 일을 모두 감당하기에는 벅찹니다.

어떻게 하면 의료진들이 건강한 환경에서 환자들을 치료하고 돌볼 수 있을까요? 지속해서 문제 제기가 된 것에 비해 현장에서 느껴지는 변화의 속도는 더딥니다. 그럼에도 저는 계속해서 개선 방안을 고민하고, 목소리 내는 데 동참하고, 동료들의 안부를 묻는 등 할 수 있는 것들을 하며 살인적인 근무 환경을 바꿔나가야 한다고 생각합니다.

눈물을 닦아주려면 · 유세웅

교수님께서는 제가 임상에 남아 있는 이유를 들려 달라고 하셨지요? 저는 환자분들과 함께 기뻐하고, 함께 슬퍼하기 위해서 현장에 남아 있습니다. 병원이라는 특성상, 근무할 때 기쁜 일보다는 슬픈 일을 더 자주 마주치게 됩니다. 특히 환자와 그 가족들은 쉽게 해결되지 않는 질병 앞에서 한없이 작아지기도 하고, 받아들일 수밖에 없는 나쁜 소식 앞에서 막막함과 슬픔을 피할 길이 없습니다. 암울한 상황과 다 포기하고 싶은 순간에도 사람은 손을 잡아주고 함께 있어주는 존재가 한 명이라도 있으면 살아갈 힘을 얻습니다. 이것이 제가 현장에서 알게 된 것입니다. 그래서 오늘도 옆에서 손을 잡아주는 한 사람이 되어주기 위해 출근합니다.

병원에서 일하는 간호사 선생님들이 환자들에게 자신의 마음을 표현하는 방식은 다양할 것입니다. 제가 만난 모든 간호사는 환자의 말을 더 많이 들어주고, 하나라도 더 도와주고 싶은 마음을 가지고 있습니다. 그러나 막상 일하다 보면 환자의 말을 경청하고, 세심하게 양질의 간호를 제공하는 것과 나의 일이 밀리지 않으면서 휴게 시간, 퇴근 시간이 지켜지는 것 사이에서 갈등하게 됩니다. 환자와 보호자의 요구를 적당한 선에서 끊어내지 못하면 정작 간호사는 하루에 배정받은 일을 주어진 시간 내에 끝내지 못할 뿐만 아니라, 밥도 못 먹고, 화장실도 못 가고, 인수인계 준비도 못 한 채 시간 외 근무를 하게 됩니다. 간호사가 근무 때마다 담당하는 환자 수가 줄어들면 이런 갈등을 많이 줄일 수 있을 텐데요. 인력에 관련된 비용 문제도 있고, 현실의 문제를 반영하지 못하는 법의 한계도 있고, 하는 일에 비해 제대로 매겨져 있지 않은 간호 수가酬價도 변화를 더디게 하는 요인입니다.

시간이 지나도 바뀌지 않는 환경 앞에서 간호사들이 선택할 수 있는 것은 무엇일까요? 부서 이동을 해보거나, 해외 간호사가 되거나, 퇴사하고 새로운 진로를 찾는 것입니다. 현장에서는 실제로 그런 일들이 다반사입니다. 환자가 아플 때 24시간 곁에서 자리를 지키고 전문적으로 돌보는 것은 오롯이 간호사만 할 수 있습니다. 실력 좋고 경험 많은 경력 간호사를 잃게 되는 건 병원에도, 돌봄을 받는 환자에게도 너무나 큰 손해입니다.

만약 병원에서 경험이 많은 간호사에게 돌봄을 제공받고 있다면 그것은 큰 행운입니다. 제 주위만 보더라도 병원 환경을 버티지 못하고 그만둔 신규 간호사가 많습니다. 그들이 왜 그만둘 수밖에 없었는지 생각해봐야 합니다. '요즘 애들, 힘든 일은 하기 싫어해'라는 관점으로 바라보는 것이 아니라 간호사들이 어떤 근무 환경에서 일을 하고 있는지 돌이켜 봐야 하는 것이 아닐까 싶습니다. 현재 간호사는 1인당 담당하는 환자 수가 너무나 많은 현실에 끼니도 자주 거르고, 화장실 가는 것도 참고 일을 하면서 환자분들에게 정서적인 지지도 제공해야 합니다. 이제 막 병원에서 일을 시작한 신규 간호사가 감당하기엔 너무 벅찬 현실입니다.

아픈 누군가를 돌보기 위해서는 병원이라는 공간이 필요합니다. 누군가를 살리고, 돌보며, 흐르는 눈물을 닦아주는 일은 혼자서 할 수 없습니다. 24시간 동안 한 명의 환자 곁을 지켜주기 위해 교대근무를 할 수 있는 최소 3명의 간호사가 필요하고, 정확한 진단과 치료 계획을 세워줄 의사, 수술 혹은 시술이 가능한 인력과 인프라, 약사와 영양사 등 전문적인 인력과 체계가 필요합니다. 제가 병원에 남아 있는 또 다른 이유는 다른 사람들과 협력하여 환자분들을 더 잘 돌보기 위해서입니다. 혼자서 하면 너무 힘들겠지만, 힘을 합친다면 훨씬 더 효율적이고 전문적으로 접근할 수 있습니다.

신규 간호사 시절을 지나 경력 간호사로 지내고 있는 요즘, 동료들의 눈물을 닦아주려면 어떻게 해야 하는지 고민이 됩니다. 일할 때는 자주 이야기도 안 하고 안부도 묻지 않았으면서 회식으로 풀려는 고전적인 방법이 아닌 다른 문화가 필요한 것 같습니다. 평소에 관심을 두고, 소중한 동료임을 느끼게 해주며, 사람을 살리는 멋진 일을 감당해줘서 고맙다고 표현할 수 있는 문화가 정착되면 좋겠습니다.

점차 간호사들이 건강한 근무 환경에서 일할 수 있도록 사회적 공감대가 형성되었으면 좋겠습니다. 저는 기회가 될 때마다 간호사가 어떤 환경에서 근무하고 있는지를 알릴 것입니다. 환자들과 소통하고 환자가 회복되어 가는 과정을 글로 담아 간호라는 게 얼마나 보람되고, 의미 있고, 사람들을 행복하게 할 수 있는 건지 알려서 사람들의 마음을 위로하는 한편, 간호사에 대한 인식을 개선하는 것이 앞으로의 목표입니다.

너무 바쁜 날엔 나 하나 챙기기도 벅차지만, 꿈을 꾸고 꾸준히 해나가다 보면 오늘보다 더 나은 내일이 기다리고 있겠지요? 지금 하나씩 실천하는 것들이 모여서 가까운 미래의 간호사 선생님들은 밥도 못 먹고, 화장실도 못 가며 일하는 것과 태움이라는 용어를 상상조차 할 수 없게 되기를 기대해봅니다. 그렇게 된다면 건강하고 성숙한 문화가 정착된 환경에서 간호사가 행복하게 일할 수 있으니, 돌봄을 받는 환자도 행복해지는 건 당연한 결과겠지요. 그날이 빨리 올 수 있도록 오늘 하루도 충실히 살아보겠습니다.

우리가 성장하려면

———

김주이

     작가님, 날씨가 매우 추워졌습니다. 학교는 기말고사 기간입니다. 힘든 간호 근무 환경 속에서 마음을 나눌만한 동료의 부재는 참으로 우리를 힘들게 합니다. 작가님의 글을 읽으며 새삼 이런 생각을 했습니다. 저희가 혼자서 할 수 있는 일은 아무것도 없다는 생각이요.

     이에 오늘 작가님께 쓰는 편지는 제가 혼자서 할 수 있는 일은 아무것도 없다는 생각을 절실하게 했던 시기였던, 저의 박사학위 논문을 위한 연구 과정 이야기를 담아볼까 합니다.

     앞서 언급한 적 있는 제 박사학위 논문 주제는 수면무호흡 대상자들을 상대로 개발한 중재를 제공하고 그 중재의 효과를 보는 실험연구였습니다. 이 중재의 효과를 객관적으로 보기 위해서는 수면다원검사를 통해서 수면무호흡이 얼마나 좋아졌는지 확인해야 합니다. 하지만 목표한 대상자 수인 30여 명의 환자에게 검사를 제공하려면 막대한 검사비가 들어가는데, 연구비가 없는 학생인 제가 감당하기에는 버거운 금액이었습니다. 이에 저는 연구의 가장 객관적인 결과를 제시해줄 수면다원검사 진행을 포기할 수밖에 없는 상황이었습니다. 가장 객관적인 지표를 포기한다는 것은 중재의 효과를 주관적인 지표로만 평가한다는 것을 의미하고, 제 연구의 효과를 증명하기에는 제한이 있음을 의미하며, 저의 논문을 좋은 저널에 게재하기에 일부 한계가 생긴다는 것을 의미합니다.

그런 상황에서 기적 같은 일이 일어났습니다. 관련 질환을 진료하시는 신경과 교수님께서 제 연구 주제가 흥미롭고 의미 있다고 말씀하시면서 연구 대상자들이 무료로 수면다원검사를 받을 수 있도록 연구 장비를 지원해주셨습니다. 결과적으로 제 연구를 통해 개발한 중재 프로그램은 수면무호흡 환자의 증상을 객관적으로 평가하는 척도인 무호흡-저호흡 지수를 유의미하게 개선할 수 있다는 것이 확인되었습니다. 교수님의 도움이 없었다면 지금의 수준으로 학위 논문을 완성할 수 없었을 것입니다.

제가 연구를 시작한 시기는 2016년 12월로 첫째 아이가 100일이 채 되지 않았을 때입니다. 저는 연구 진행을 위해 짧게는 4시간, 길게는 8시간 동안 병원에 있었는데요. 이때 아이를 돌봐줄 사람이 필요했습니다. 결국 육아휴직 기간임에도 엄마의 도움을 받았습니다. 엄마는 매일 저희 집에 오셔서 첫째 아이를 돌봐주셨습니다. 그런데도 육아와 일을 병행하다 보니 제 몸은 녹초가 되어갔습니다. 결국 첫째 아이를 데리고 아예 친정으로 들어갔습니다. 그렇게 어머니와 공동육아를 하면서 여유 시간에 논문을 썼습니다.

저희 엄마는 손주를 돌보는 일 자체가 행복이고 감사한 일이라고 하셨지만, 엄마의 관절에는 무리가 오기 시작했습니다. 밤에 간간이 울며 깨는 아이로 인해 아빠와 언니는 편하게 잠을 잘 수 없었으며, 퇴근 후에도 전과 같이 편히 쉴 수 없었습니다. 그리고 남편은 가족과 생이별하고 홀로 집을 지켜야 했습니다. 누군가의 밤잠을 깨우고, 휴식을 빼앗고, 관절에 무리를 주었지만, 우리 가족에게 가장 큰 행복과 웃음을 준 제 아이는 엄마 없는 시간에 익숙해져야 했습니다. 저의 학위 수여를 위해 가족 모두가 새로 생긴 불편한 상황들을 조금씩 감수해야 했던 것입니다.

작가님, 저는 어려서부터 제가 원하는 바가 있으

면 그것을 꼭 이뤄야 하는 성격이었습니다. 어린 시절에는 그것을 이루기 위해 제 가족이 늘 양보하고 희생했다는 것을 잘 알지 못했습니다. 이제는 너무나 잘 압니다. 가족의 희생과 인내, 배려가 없었더라면 저는 원하는 공부를 마음껏 할 수 없었을 것입니다.

육아휴직 기간에 아이를 돌보며 논문을 썼던 이유는 제 목표가 졸업 후 회사에 복직하는 것이었기 때문입니다. 휴직자는 보통 3개월의 분만휴가만 사용하면 부서 이동 없이 기존의 부서로 복직합니다. 그 뒤로 육아휴직을 함께 사용하면 휴직자는 타 부서로 이동하고 기존 부서에는 인력을 충원해주는 것이 관행입니다. 당시에 1년의 육아휴직을 신청했기에, 관행대로라면 제가 근무한 부서에서 저의 빈자리에 인력을 충원하고, 복직 이후 저는 타 부서로 이동해야만 했습니다.

그런데 회사 경영 문제로 인력 충원이 쉽지 않았습니다. 결국 제가 근무하는 부서의 구성원들은 저의 공백으로 인한 업무를 분담해야 했습니다. 부서가 힘든 시기에 휴직한 동료를 묵묵히 지지해주고, 그 힘든 시간을 버텨준 동료들이 없었더라면 저는 마음 편히 휴직하지 못했을 것입니다.

한때는 저의 발전과 성장이 제 노력의 성과라고 생각했습니다. 제가 열심히 한 덕분에, 제가 잘해서 좋은 성과를 거둔 것이라고 생각한 적도 있었습니다. 그런데 돌아보니 세상에 혼자서 할 수 있는 일은 아무것도 없었습니다. 모두의 도움으로 여기까지 왔습니다. 그리고 앞으로도 누군가의 도움을 받으며 나아가겠지요.

우리의 학계도, 근무 환경도 그렇습니다. 여러 진료과가 협업하여 환자를 진료하는 다학제 진료*가 치료 성과를 올리는 사례는 다수 보고되고 있습니다. 한 팀이 되어 유기적으로 일하는 진료팀이 긍정적인 성과를 낸다는 것도 저희 업계에는 잘 알려진 이야기입니다.

우리 학계가 성장하려면, 더 좋은 근무 환경을 만들려면 우리는 서로를 도와야 합니다. 잘 협업해야 합니다. 특히 신규 간호사와 같이 이제 막 사회에 첫발을 들여놓은 우리의 동료를 도와야 합니다. 동료가 잘 모르고 서툰 부분을 감싸 줄 수 있기를 바랍니다. 당장은 누군가의 부족함을 감당하고 보완하는 것이 시간과 노력이 들고 힘들어 보일지라도 그것이 결국 장기적으로 우리를 발전하게 하고 더 나은 근무 환경을

---

*   한 질병을 치료하기 위해 서너 군데의 진료과를 돌면서 진찰을 받아야 하는 환자의 수고를 덜고, 진단이 어려운 환자에게 필요한 치료를 각 분야의 전문의들이 같이 논의하여 최선의 결정을 내리기 위한 진료 방식.

만들 것입니다.

초보 연구자를 위해 시간과 노력, 연구비를 지원해주신 교수님들의 마음 덕분에, 자기가 원하는 공부를 해보겠다고 이것저것 참 많이도 부탁하고 맡기는 막내딸을 위한 가족들의 희생 덕분에, 부서원의 부재를 묵묵히 감당해준 동료들의 수고 덕분에 저는 무사히 박사를 졸업하고 지금 이 자리에 있습니다. 저는 그 은혜를 누군가가 저에게 연구에 관한 조언을 구하면 기꺼이 답변하는 일로, 학위과정을 고민하는 학생, 동료, 선후배들의 진로를 상담해주는 일로, 학계의 발전을 위해 끊임없이 좋은 연구를 하고자 하는 노력으로 갚고 있습니다.

우리가 성장하기 위해서는 반드시 타인의 도움과 지지와 배려가 필요합니다. 이에 우리는 모두 누군가를 돕고 지지하고 배려해야 합니다. 작가님도 저도 우리가 속한 곳, 우리의 자리에서 그런 역할을 잘 감당해냅시다.

마음 천재

유세웅

교수님의 편지를 읽으면서 당연하지 않은 것들에 대한 감사를 떠올렸습니다. 교수님이 논문을 쓸 때, 육아할 때, 복직할 때 받으셨던 도움을 당연하게 생각하지 않고, 가슴 깊이 감사하며, 누군가에게 또 다른 도움으로 감사함을 전하고자 하는 그 마음이 저를 미소 짓게 합니다.

저는 이번 주에 '천재'라는 단어가 마음속에 맴돌았습니다. 같이 일하는 선생님들의 탁월한 면모를 볼 때 '천재다'라는 생각을 했기도 하고, 매체에서 천재라는 단어를 종종 마주쳤기 때문이기도 합니다.

흔히 공부 잘하고, 비범한 업적을 이뤄낸 사람을 천재라 지칭합니다. 그런데 요즘은 그 쓰임의 범위가 넓어져서 얼굴이 잘생긴 사람을 '얼굴 천재', 무대를 장악하며 퍼포먼스를 잘 해내는 사람을 '무대 천재'라고 부릅니다. 천재라고 불리는 사람을 보면 기발한 접근법으로 똑똑한 모습을 보여주기도 하고, 남들과는 다른 단계에 도달한 게 느껴져서 감탄하곤 합니다. 이러한 천재가 공익성을 갖출 때 세상과 사람들에게 전할 수 있는 파급력은 매우 크다고 생각합니다.

어느 날 간호사 선생님들이 일하는 모습을 보면서 '간호사는 마음 천재가 아닐까?'라는 생각이 들었습니다. 의료인이라면 모두 병을 앓고 있는 환자가 회복하기 위해서는 치료Cure뿐만 아니라 돌봄Care도 잘 이루어져야 한다는 것을 알고 있습니다. 흉부외과 중환자실에서 같이 일했던 의사 선생님들이 수술뿐만 아니라 수술 후 간호에도 관심을 가지시고 간호사 동료들에게 환자를 잘 부탁한다며 위로와 격려를 건넸던 모습이 아직도 생생합니다. 진단을 내리고 당장 필요한 치료를 하는 것은 의사이지만, 24시간 내내 환자 곁을 지키며 필요한 돌봄을 제공하고 치료의 결정적 단서를 제공하는 것은 간호사입니다. 의사 한 명이 동시에 모든 환자 옆에 있을 수 없고, 하루 종일 환자 곁에 있을 수 없기 때문입니다. 따라서 의사는 간호사와 수시로 환자 상태를 공유하고 협력하면서 환자의 회복을 위해 일합니다.

마음 천재 · 유세웅

저는 환자에게 진실한 위로를 건네는 존재, 누군가가 회복되기를 진심으로 바라는 마음을 품고 곁을 지키는 존재인 간호사를 두고 마음 천재라고 지칭하기로 했습니다. 병원에서 간호사로 일하는 동료들은 참 다양하지만, 환자가 회복되었을 때 기뻐하지 않는 간호사 선생님은 지금까지 만나본 적이 없습니다. 선한 마음을 품고 자신이 잘할 수 있는 것으로 환자 곁을 지키고 돌보는 마음 천재들 덕분에 오늘도 병원에서는 따뜻함을 느낄 수 있습니다.

얼마 전 중환자실에서 근무하는 동료와 잠깐 커피를 마실 시간이 있었습니다. 부서원들의 기분도 살피면서, 똑 부러지게 일하는 동료인데 만났던 날은 평소와 달리 어딘가 집중을 하지 못하고 초조한 모습을 보였습니다. 제가 무슨 일이 있는지 물어보기도 전에 본인이 먼저 그동안 힘든 일이 있었다며 속이야기를 해주었습니다.

이야기를 들어보니 가족이 입원하게 된 상황이었습니다. 동료는 그동안 자신은 일하면서 누군가를 돌보는 입장이었지, 보호자 입장은 처음이라고 했습니다. 현장의 바쁜 상황을 알고, 병원에서는 최선의 치료와 돌봄을 제공하고 있을 줄 알면서도, 가족의 상태가 궁금해서 계속 전화하게 되고 또 전화해서 물어보고 싶은 마음이 굴뚝같았다고 했습니다. 이제야 자신이 환자를 돌볼 때 자주 전화를 걸어왔던 보호자의 마음을 알 것 같다고, 그동안은 무심하게 지나친 적도 있는데 앞으로는 좀 더 환자와 보호자들이 처한 상황을 이해하고 공감하며 돌볼 수 있을 것 같다고 했습니다.

　　　이야기를 듣는 내내 저도 할머니가 입원했을 때가 떠올라 힘든 시기를 겪고 있는 동료의 상황에 공감했습니다. 동료의 가족분이 얼른 쾌유하길 기도했습니다. 한편으로는 힘든 상황 가운데서도 타인의 입장에 서서 마음을 헤아리고 지금보다 더 잘해주고 싶다는 동료의 모습을 보며 마음 천재라는 생각이 들었습니다.

　　　저는 사회 곳곳에 마음 천재가 있을 것이라고 생각합니다. 주변을 훤히 밝히는 사람은 어디서든 그 존재가 반짝반짝 빛나서 사람들이 알아차립니다. 그 사람들 중에서 간호사를 두고 마음 천재라고 말할 수 있는 이유는 직접적이든 간접적이든 아픈 사람에 대한 이해와 공감을 가장 잘할 수 있는 환경에서 자리를 지키는 사람이기 때문입니다. 내가 아플 때 나의 안녕을 위해 관심을 가져주는 존재가 얼마나 큰 위로가 되는지요. 자기 것을 쟁취해야 하고, 내가 드러나야 하고,

마음 천재 · 유세웅

인정을 갈구하는 시대에 타인인 환자의 목소리를 경청하고, 드러나지 않는 곳에서 묵묵히 생명을 살리고, 돌보는 간호사의 존재는 얼마나 큰 빛으로 주변을 밝히는지요.

저는 마음 천재로부터 위로를 받고 회복하는 환자분들을 너무나 많이 봐왔습니다. 또한 마음 천재인 동료의 영향으로 주변 사람들이 변화하고 또 다른 마음 천재가 나타나는 것도 많이 목격했습니다. 저는 마음 천재인 간호사 선생님들이 더 인정받고 존중받아야 한다고 생각합니다. 그리고 간호사 선생님들이 사람의 몸뿐만 아니라 마음도 돌보는 아주 멋진 일을 하고 있다는 사실이 널리 알려졌으면 좋겠습니다. 한 사람, 한 사람 모두 밤하늘의 별보다 더 반짝거리는 아주 귀하고 소중한 존재라는 사실을 말이지요.

타인의 입장이 되어본다는 것

김주이

작가님의 글을 읽으면서 가족이 입원했다는 동료의 상황이 깊이 다가왔습니다. 저도 간호사로 일하면서 늘 아픈 누군가를 간호하는 일을 했지만, 제가 환자 혹은 환자의 보호자가 될 수 있다는 생각은 잘 해보지 못했습니다. 막상 내 가족 혹은 내가 환자가 되었을 때의 상황을 경험해보니 내가 간호했던 많은 것들이 다르게 보였습니다. 환자와 보호자로서의 경험은 의료진에게 참으로 많은 가르침을 주는 소중한 시간이라고 생각합니다. 오늘은 그 경험을 적어보고자 합니다.

2008년, 신경외과 병동에서 근무하던 저는 흉부외과 병동에 간호 인력이 부족하여 약 2주간 그곳으로 지원 근무를 하게 되었습니다. 그중 하루, 저희 집이 이사를 하는 날이었습니다. 당시 근무 중에는 핸드폰을 소지하지 않기도 했고, 익숙하지 않은 타 병동에서 근무한다는 긴장감에 이사 진행 상황을 확인하거나, 가족들과 연락할 겨를 없이 바쁘게 일하고 있었습니다. 그때 병동의 선임 선생님이 흉부외과 병동으로 전화해서 저를 찾았습니다.

"김주이 선생님. 지금 아버지가 아프셔서 응급실에 오셨다고 합니다."

평소 우리 가족은 늘 건강하다고 생각했기에 병원을 찾을 일도 없다고 자신했습니다. 그날도 아버지가 이사하는 중에 잠깐 삐끗하거나 탈이 났겠거니 싶었습니다. 그런데 탈의실에 들어가 가방을 뒤져 핸드폰을 찾아본 순간, 읽기만 해도 가족들의 다급한 마음이 느껴지는 문자 여러 통과 수차례의 부재중전화 이력을 확인할 수 있었습니다. 바로 언니에게 전화를 걸었고, 아빠가 뇌졸중으로 병원에 오시게 되었다는 걸 알았습니다. 심지어 증상이 발현되고 꽤 시간을 지체한 후 응급실에 오셨다는 것도 함께 알게 되었습니다.

'이사하는 날 정도는 하루 쉬고 집에 같이 있었어야 했는데' 하는 돌이킬 수 없는 후회와 제가 어찌할 수 없는 상황에 대한 원망과 제가 이 질환을 잘 알고 있는 신경외과 간호사라는 사실에 죄책감이 들었습니다. 또 일하면서 개인 핸드폰을 자유롭게 확인하지 못하는 저의 상황에 대한 복잡한 마음과 생각들이 뒤섞여 병동에서 1층으로 내려가는 엘리베이터 안에서 가슴이 답답하고 심장이 두근거리며 손발이 떨려왔습니다.

다들 저보다 더 걱정하고 있을 테니 애써 마음을 진정시키며 응급실 문을 열고 들어가 아빠를 보았는데, 그순간 꿈이 아니라는 생각에 눈물이 왈칵 쏟아졌습니다. 우측 편마비*와 구음장애**라는 증상을 보고 저는 꿈이라고 믿고 싶은 이 상황이 현실이라는 것을 인정할 수밖에 없었습니다. 떨리는 손으로 아빠의 오른손을 잡을 때 힘없이 바닥으로 떨어지는 아빠의 손을 보고 제 마음마저 저 아래 바닥으로 떨어져버렸습니다.

아빠는 뇌졸중 집중관찰실에서의 치료를 마치고 재활치료를 시작했습니다. 다행히 아빠의 증상들은 치료를 받으며 조금씩 회복되어갔습니다. 아빠의 회복 과정을 지켜보는 그 시기에 저는 의료진의 마음과 보호자의 마음이 참 다르다

*   몸 한쪽이 마비되어 움직이지 못하는 질병을 의미한다. 좌뇌가 손상되어 몸의 오른쪽이 마비된다.
**   말을 구사하는 능력에 생기는 장애이다.

타인의 입장이 되어본다는 것 · 김주이

는 것을 깨달았습니다. 거동이 불가했던 아빠가 누군가의 부축을 받으며 걷게 되었을 때, 의료진인 저는 '정말 많이 회복되셨어요. 정말 다행이에요'라고 말했습니다. 물론 전보다 회복된 아빠를 보면서 감사한 마음도 있었지만, 딸인 저의 마음 안에는 전처럼 바른 자세로 똑바로 걷지 못하는 아빠를 바라보는 안타까움이 함께 있었습니다. 오른손으로 공을 들어 올리는 아빠를 보면서 의료진인 저는 '이제 물건을 잡으실 수 있네요. 계속 좋아지고 있어요'라고 말하면서도 보호자인 저는 언제쯤 아빠가 젓가락을 잘 사용하실 수 있게 될까 초조했습니다.

　　　뇌졸중 진단 이후 아빠는 일상생활 속 많은 부분에서 불편함을 느끼셨지만, 다시 직장도 다니시고 주말이면 취미 생활도 하실 수 있을 정도로 회복하셨습니다. 그 모든 것에 감사하면서도 매 순간 제 안에는 조금 더 좋아지셨으면 하는 바람과 혹여나 다른 문제가 생기지는 않을까 싶은 걱정과 경미하게 남아 있는 후유증 때문에 아빠의 변한 생활이 속상하다는 감정이 있었습니다.

　　　그로부터 3년 후, 나이트 근무를 하던 어느 날이었습니다. 제가 간호하는 환자 중 응급실을 통해 내원한 뇌졸

중 환자가 한 분 계셨습니다. 50대 중반의 남성인 그는 가족의 생계를 책임지는 가장이었습니다. 그분은 질병을 진단받고 많이 불안해하셨습니다. 그의 표정에서 어느 날 갑자기 찾아온 이 질병이 자신을 사회로부터 고립시키지는 않을까 하는 걱정과 질병의 증상인 마비로 인해 직장을 잃지는 않을까 하는 염려가 드러났습니다. 그분은 쉽게 잠을 이루지 못하고 뒤척였습니다. 저는 과거 아빠를 간호하면서 느꼈던 불안감이 떠올랐습니다. 그래서 그 환자에게 다가갔습니다. 다른 환자분이 모두 잠든 시간, 한참을 그분과 대화를 나눴습니다.

"환자분, 많이 놀라셨죠? 그래도 빠르게 응급실로 오셔서 다행이에요. 많은 분이 증상이 나타나고도 증상을 가벼이 생각하시거나 혹은 손발을 주무르는 등 민간요법을 하시거나 동네 병원이나 약국을 돌아다니시며 시간을 보내세요. 그러다가 치료가 지체되는 경우가 많은데 환자분은 빠르게 바로 응급실로 잘 오셨어요. 저희 아빠도 3년 전에 뇌졸중으로 이 병원에 입원하셨었어요. 환자분과 증상이 똑같았어요. 편측마비가 있어서 걷지도 서지도 못하셨죠. 저희 아빠는 증상을 가볍게 생각하시다가 치료의 골든타임을 놓쳤어요. 환자분처럼 시간 내에 도착해야 머릿속에 생긴 혈전을 녹이는데 그 치료를 받지 못하셨죠. 그런데 지금 저희 아빠의 상태가 어떤지 아세요? 아주 잘 걸어 다니세요. 미세한 젓가락질도 문제 없이 잘하시고요. 물론 직장도 다니시고요. 그러니 걱정하지 마세요. 환자분은 더 빨리 잘 회복하실 거예요. 저희 아빠보다 더 젊으시고 더 빨리 병원에 오셔서 치료를 받으셨으니까요."

환자분은 오랜 시간 저의 이야기를 들으시고는 감사하다는 말을 해주셨습니다. 그리고는 조금 편안해진 모습으로 잠이 드셨습니다.

작가님. 저에게 작가님이 생각하는 좋은 간호사의 조건 중 하나로 '공감'을 말씀해주셨지요? 돌아보면 제가 경험해보지 못해서, 어리고 미숙해서 공감하려고 노력해도 한계가 있었던 부분들이 있었는데요. 그런데 보호자가, 환자가 되어보니 그분들의 마음을 더 잘 헤아릴 수 있게 되었습니다. 공감이 그 사람의 입장이 되어 생각하고 느껴보는 것이라면 보호자, 환자가 되는 경험은 저 스스로에게는 상당히 아픈 기억이지만 그 기억이 또 누군가를 따뜻하게 감싸줄 수 있는 바탕이 된다는 사실을 깨달았습니다.

학교에도 제가 공감해줄 많은 청춘이 있습니다. 미숙하고 방황하는 것처럼 보이는 몇몇 학생들도 다시 보면 질풍노도였던 저의 젊은 날보다 꽤나 성숙하다는 생각이 듭니다. 저는 지금 제가 있는 곳에서 나름의 경험과 깨달음으로 많은 이들을 공감하며 따뜻한 연말을 보내겠습니다.

작가님도 나누고 이해하고 베풀면서 더 따뜻해지는 연말을 경험하고 계시리라 믿습니다.

요즘 기분은 어때

유세웅

뿌리 깊은 나무. 교수님의 편지를 읽고 떠오른 형 상입니다. 맑은 날도, 비바람 부는 날도, 눈 오는 날도 있었지 만, 묵묵히 그 시간을 견뎌내어 아름답게 성장한 나무. 나그네 와 새들이 잠시 곁에 다가와서 의지하며 아무 걱정 없이 쉴 수 있는 그런 존재가 생각납니다. 비록 교수님께 아픈 시간이 있 었지만, 교수님의 시선이 그 시간에만 머물지 않고 환자와 학 생 들에게로 향하여 함께 그 시간을 통과하려는 마음이 무척 아름답습니다.

어느 날, 출근했는데 평소에 자기 할 일을 열심히 하던 한 동료가 갑자기 일을 마치고 잠깐 이야기를 나눌 수 있 는지 요청했습니다. 저는 흔쾌히 응했고 근무가 끝난 후 만났는데요, 동료가 자신을 도와달라는 말을 했습니다. 화들짝 놀라서 무슨 일이 있는지 이야기를 나눠보았습니다. 동료는 '요즘 일을 할 때 의욕이 많이 떨어진 것 같다' '현재 자신의 상황이 너무 정체되어 발전이 없는 것 같다'와 같은 고민을 털어놓으며 이러한 고민이 들었을 때 저는 어떻게 극복했는지 물어보았습니다. 동료의 말에서 간호에 대해 오랫동안 고민한 흔적과 진지한 마음가짐이 느껴졌습니다.

저는 '나 역시 지금도 비슷한 고민을 하고 있고, 환자와의 관계 속에서 정답을 찾아가고 있다. 우리가 하는 일의 의미는 환자를 통해서만 발견할 수 있기 때문이다'라고 답했습니다. 제가 현장에서 치열하게 고민하고 실천하며 내린 결론이 동료에게 충분했을지는 잘 모르겠지만, 그것과는 별개로 자신의 속마음을 나눠준 동료가 고마웠습니다. 직장에서 진실한 소통을 할 수 있는 관계를 형성할 수 있다는 사실이 얼마나 소중한 것인지 알기 때문입니다.

시야가 좁고, 생각이 어렸을 때는 사람들과 함께 얽혀서 일하는 게 부담스럽고, 능력이 좋은 것이 곧 일을 잘하는 것이라고 생각했었기에 혼자서 다 해결하려고 했었습니다. 그러나 사회에 나와서 일을 해보니 혼자서 하는 일의 한계는

뚜렷했고, 사람들이 서로서로 도와가며 일할 때 비로소 큰일을 해낼 수 있다는 사실을 깨달았습니다.

당장 간호사 근무만 봐도 그렇습니다. 나 혼자 24시간 내내 환자 곁에 있을 수 없고, 심정지 상황 혹은 체구가 큰 환자의 체위 변경 상황 등 혼자서 대처하기 불가능한 상황을 무조건 마주하게 됩니다. 따라서 아는 것이 많고 자신에게 주어진 일만 잘한다고 유능한 것이 아니라, 서로의 업무 스타일과 실력을 존중하고 전체적인 상황을 살피며 팀플레이를 할 때 '환자의 상태 회복'이라는 공동의 목표를 이룰 수 있습니다.

다소 내향적인 저는 유쾌하게 동료들의 텐션을 고취하거나 즐거운 분위기를 만드는 것은 잘 못합니다. 그래서 같이 일하는 동료 중에 분위기 메이커가 있음에 감사합니다. 행복 바이러스를 주변에 전파하는 동료를 보면서 역시 사람에게 가장 큰 영향력을 발휘할 수 있는 것은 오직 사람뿐이라는 사실을 깨닫습니다. 얼굴만 봐도 기분이 좋다는 표현이 무엇인지 깨닫게 해주는 동료의 존재가 얼마나 감사한지 모릅니다. 선배님이지만, 권위적이지 않고, 사소한 것도 기억해 두었다가 나중에 챙겨주시고, 때론 가족처럼 기분이 어떤지 물어봐주시고, 시시콜콜한 이야기들로 웃음 짓게 만드는 능력이 얼마나 탁월한지 매번 감탄하면서 배우고 있습니다.

　　　또 다른 동료 선생님을 봅니다. 주말이 지나고 월요일에 출근할 때면 늘 "세웅아 주말은 잘 보냈어?"라며 인사를 건네주시는데 그 말 한마디에 추위로 꽁꽁 얼었던 몸과 마음이 사르르 녹습니다. 무장해제된 마음은 동료 선생님과 일상을 나눌 수 있게끔 합니다. 먼저 기분을 물어보면서 사람의 마음을 편하게 해주는 동료들의 모습에 따뜻함을 느낍니다. 웃으면서 직장 생활을 할 수 있는 덕분에 저도 몰랐던 내면의 밝은 모습도 발견하게 되어 신기합니다. 내향적인 성향의 제가 사무실에서 동료들에게 먼저 말을 걸 때도 많아졌으니까요.

　　　요즘 기분은 어떤지 안부를 물어보는 것은 상대방의 존재를 바라보고 다가가는 사람만이 건넬 수 있는 말입니다. 설령 습관적으로 물어보는 것일지라도요. 상대방의 존재에 관심이 없으면 필요한 말만 할 것이고 사무적인 관계로 끝날 것입니다. 나의 존재에 대해서 관심 없는 상대방에게 마음을 열어줄 사람은 아무도 없습니다. 그만큼 안부는 존재에 대한 사랑의 표현이라고 생각합니다. 하지만 되돌아보니 저는, 중환자실에서 간호사로 일할 때 안부를 물어보는 일을 참 못했었습니다.

요즘 기분은 어때 · 유세웅

중환자실에서 처음 근무한 1, 2년은 그야말로 중환자실 간호사로 성장하기 위해 혹독한 훈련을 거치는 과정이었습니다. 학교를 다니며 배웠던 지식은 정말 환자를 돌보기 위한 최소한의 지식이었기에 현장에서는 최선의 간호를 제공하기 위한 근거를 찾고 실제로 적용하는 과정의 연속이었습니다. 그리고 주어진 시간 내에 해야 할 일이 많았으므로, 시간에 쫓기며 일을 하다가 8시간이 순식간에 지나갔습니다. 일이 많고 마음의 여유가 줄어드니 당연히 다른 사람을 바라볼 여유가 없었겠지요?

그래서 처음에는 힘들어하는 동료들에게 먼저 다가가지 못했고, 내 할 일에 사로잡혀서 동료들을 도와주러 가지 못했었습니다. 도움이 필요해 보이는 동료의 상황이 눈에 들어올 때 먼저 가서 도와줄 수 있을 만큼 일을 잘하게 되고, 역량이 커지기까지 시간이 오래 걸렸습니다.

중간 연차가 되니 또 다른 광경을 마주칠 수 있었습니다. 퇴근할 때가 되면 아직 일을 다 못 끝낸 후배 간호사가 간호기록을 넣느라 지친 표정으로 모니터 화면을 응시하는 모습을 자주 보게 되었습니다. 후배가 얼마나 힘들지 공감이 되면서도 한편으로는 내가 먼저 후배의 기분을 물어본다거나, 요즘은 어떻게 지내는지와 같은 인간적인 관심은 표현하지 못하고 있었다는 생각이 들었습니다. 각자의 일이 바쁜 것과는 별개로 진실하고 의지가 되는 동료로 먼저 다가가는 건 할 수 있겠다 싶어 그때부터는 동료들을 만날 때마다 인사하면서 요즘 기분은 어떤지 물어보기 시작했습니다.

처음 동료들의 반응은 '뭐지?'라는 느낌에 가까웠습니다. 그래도 매일 반복하다 보니 동료들도 자신의 기분을 물어봐줘서 고맙다며 자신의 삶을 공유해주기 시작했습니다. 그 결과 현재는 부서 이동을 했지만, 중환자실에 찾아갈 일이 생길 때면 아직도 반갑게 인사하고, 안부를 묻고, 서로 응원하는 관계로 진전되었습니다.

어쩌면 사람의 마음을 얻고 좋은 관계로 발전시킬 수 있는 첫걸음은 상대방의 눈을 바라보며 "요즘 기분은 어때?" "잘 지내고 있어?"라고 물어보는 것부터 시작된다고 생각합니다. 그 과정에서 이루어지는 경청과 공감과 위로는 우리가 세상을 살아가게 하는 따뜻함과 정서적 지지를 느끼게 하겠지요.

오늘은 또 어떤 일들이 기다리고 있을까요? 병원에서의 일이 늘 그러하듯 때론 일이 한꺼번에 몰리고, 마음의 여유를 앗아가려고 호시탐탐 기회를 노리고 있겠지요. 그럼에도 타인을 향한 마음의 여유는 잃지 않기를 바랍니다. 저는 이 마음가짐이 사람들과 함께 세상을 잘 살아가는 방법임을 믿습니다.

교수님, 잘 지내고 계시죠? 요즘 기분은 어떠세요?

세상의 지식체, 연구

김주이

      작가님 설 연휴는 잘 보내고 계시는지요? 작가님이 하시는 업무의 특성상 연휴에 응급 상황이 발생하지는 않았는지요? 작가님도, 작가님이 간호하는 환자분들도 모두 평안한 설 연휴 보내셨기를 바랍니다.

      작가님께 편지를 쓰기 전, 방금 저는 논문 한 편을 제 손에서 떠나보냈습니다. 학기 중 틈틈이 정리했던 논문을 목표하던 저널에 투고한 것인데요. 아직 심사 과정이 남아 있지만, 한동안 붙잡고 있던 논문이 잠시나마 저의 손을 떠나 심사대에 오른 것만으로도 뿌듯하고 홀가분합니다. 막 논문을 떠나보내서일까요? 작가님이 질문하신 요즘 저의 기분을 생각해보니 감사하고, 행복하고, 기쁘다는 긍정적인 감정들만 떠오릅니다.

논문을 계획하고 있는 학생들이나 졸업 후에도 논문을 계속 쓰고 계신 분들 중 저에게 연구 주제는 어떻게 정하는지, 논문은 어떻게 구상하는지에 대한 조언을 구하는 분들이 있습니다. 저의 조언은 세 가지입니다. 첫 번째는 자신의 관심 분야를 돌아보라는 것, 두 번째는 논문을 많이 읽으라는 것, 세 번째는 전문가의 조언을 많이 구하라는 것입니다. 좋은 연구는 현장에서 나옵니다. 자신이 속한 필드(분야)에서 평소 관심을 두고 들여다본 문제의 이유를 찾고 싶을 때 혹은 자신이 발견한 현상을 보다 좋은 방향으로 변화시키고 싶을 때 우리는 연구를 합니다. '이렇게 하는 것이 효과적일까? 저런 방법은 어떨까? 왜 그럴까? 왜 그렇게 되지 않을까?' 등 평소 머릿속에 들었던 여러 가지 의문에 대해 생각해보는 것이 중요합니다. 그 의문에 대한 답을 구하기 위해 자료를 조사하고 분석하고, 그 분석한 결과에서 의미를 찾아 유용한 지식체를 만드는 것이 연구입니다.

이에 저는 자신의 관심 분야를 돌아보는 것이 좋은 연구 주제를 정하는 첫 번째 단추라고 생각합니다. 그리고 자신의 의문점들을 체계화하고 답을 구하기 위해서는 나에게 도움을 줄 조언자를 찾아야 합니다. 그 첫 번째 조언자는 나와 유사한 고민을 해본 선행 연구자일 것입니다. 우리는 선행 연구자가 고민한 결과를 논문에서 찾아볼 수 있습니다. 그렇기에 논문을 많이 읽으면 내가 어떤 연구를 해야 하는지 답을 찾을 수 있습니다. 조언자를 찾기 위한 두 번째 방법은 나보다 연구 경험이 많거나, 현장을 더 잘 알거나, 유사한 주제를 함께 고민할 만한 전문가를 찾는 것입니다. 혼자보다는 둘이, 둘보다는 셋이 더 많은 아이디어를 냅니다. 최종 아이디어를 선택하는 것은 결국 나 자신의 몫이겠지만, 고민되는 시점에서 그 고민을 구체화하는 데는 많은 전문가의 의견이 필요합니다.

재미있는 연구 이야기를 적어볼까 합니다. 제 박사학위 부논문의 제목은 '간호근무환경, 공감피로 및 공감만족이 간호사의 소진에 미치는 영향'입니다. 이 논문을 진행하게 된 배경은 다음의 흥미로운 연구를 알게 되었기 때문입니다.

간호학계에서는 매년 간호 근무 환경 개선을 요구하고 있습니다. 이는 단지 간호학계만의 이슈가 아니라 의료계의 문제로 떠올랐습니다. 2019년 대한간호협회가 주관한 '국민건강권 보장과 간호 질 향상을 위한 방안 토론회'에서 미국 펜실베이니아대 간호대학 린다 에이켄Linda Aiken 교수를 초대했습니다. 린다 에이켄 교수는 간호 근무 환경 개선이 환자의 치료 결과에 영향을 미친다는 것을 연구로 입증하고 근거를 제시한 연구자입니다. 린다 에이켄 교수는 다음과 같은 발언을 했습니다.

　　"간호사의 근무 환경과 처우 개선은 환자 안전과 직결됩니다."*

　　너무나도 당연한 말이라고 생각할 수 있겠지만 린다 에이켄 교수 연구팀은 간호 근무 환경과 관련된 지속적인 연구를 통해서 이를 객관적인 연구 결과로 증명해냈습니다. 저도 박사학위 당시 린다 에이켄 팀의 연구 논문**에서 더 나은 근무 환경을 갖춘 병원에서 환자의 사망률, 치료 실패율이 낮다는 결과를 읽었습니다. 당시 논문에는 간호사의 평균 업무량이 간호사 1인당 환자 8명인 병원에서 환자가 사망할 확률이 간호사 1인당 환자 4명인 병원보다 1.26배 더 높다는 결과를 보여주었습니다.

　　놀라운 결과이지요? '간호사의 근무 환경이 나쁘면 의료의 질이 나빠질 것이다'라는 막연한 가설을 증명하고

---

*　　문선희, 「환자 안전, 간호사 근무환경이 좌우한다」, e-의료정보, 2019. 06. 12.

**　Linda H Aiken 외 4인, "Effects of hospital care environment on patient mortality and nurse outcomes", Journal of Nursing Administration, Pennsylvania: Medline, 2008, pp. 223~229.

자 실제로 간호 근무 환경이 좋은 곳과 좋지 못한 곳, 두 곳에서 환자의 건강 결과를 비교해보고 가설을 입증해낸 이 모든 과정이 대단하고 의미 있어 보입니다. 저 역시 이 논문을 읽으며 제 부논문 연구 주제의 아이디어를 얻고 연구를 구체화할 수 있었습니다. 자신이 현장에서 궁금한 무언가를 발견한다면 객관적으로 증명해보고자 하는 노력이 연구의 시작이라고 생각합니다. 그 의문점에 대한 답을 찾아가는 과정에서 분명 누군가에게 혜안을 줄 수 있는 결과를 찾아낼 것입니다.

제 손을 떠나간 논문이 세상의 유용한 지식체가 되어 나아갔으면 합니다. 그리고 그 논문도 누군가에게 혜안을 줄 수 있는 결과가 되었으면 합니다.

작가님도 작가님께서 속한 곳에서 좋은 사람들과 좋은 성과를 내고 계시겠죠? 새로 시작되는 2월에도 기쁜 소식들이 가득하기를 바랍니다.

세상의 지식체, 연구 · 김주이

도전은 돈이 들지 않으니까

─────

유세웅

교수님, 계속 성과를 내야 하고 더 좋은 논문을 쓰고자 하는 과정에서 압박감을 느끼셨을 텐데도 주변 사람들로부터 조언을 구하고 배우며 성장해가는 교수님의 모습이 멋집니다. 성과를 낼 수 있었던 건 주변에 좋은 사람들을 두었기 때문이라고 말씀하셨지만, 제가 보기에는 주변 사람들의 좋은 점을 발견하고 기꺼이 받아들이며 다른 누군가에게도 긍정적인 영향을 주고 싶어 하는 교수님 또한 좋은 사람이기에 가능했다고 생각합니다.

제가 직장 생활을 처음 시작했을 때의 키워드는 생존이었습니다. 그때는 출근하기 몇 시간 전에 일어나 배운 것들을 복습하고, 모르는 것을 찾아봤지만 여전히 잘 모르겠고 막막했습니다. 근무를 마친 뒤에도 책을 펴놓고 열심히 공부했지만, 현장에서 배우는 속도를 따라가지 못해 좌절했습니다. 교육 기간이 끝나고 첫 독립을 할 땐 알람을 따로 맞추지 않았는데도 5분, 10분 간격으로 계속 잠이 깨서 결국 제대로 잠을 못 잔 채 출근했던 기억도 많습니다.

생존의 과정은 쉽지 않았습니다. 제가 생각했던 이상적인 간호를 실현하기엔 제 역량도 부족했고 현실적인 어려움도 너무 많았습니다. 우선, 환자를 인격적으로 대하는 것에 집중해서 이야기나 요구사항을 하나하나 다 들어드리다 보면 정작 내가 꼭 해야 할 일들이 뒤로 밀리고, 퇴근 시간이 늦어졌습니다.

역량이 출중했다면 일도 척척, 환자를 돌보는 것도 척척 해냈겠지만, 신규 시절의 저는 그렇게 할 수 없었습니다. 막 수술을 마치고 나온 환자의 혈압, 맥박이 요동치고 있는 상황에서 옆 환자의 물 한 잔 떠달라는 부탁을 바로 들어드리기가 얼마나 부담이 되었던지. 나중에는 마음의 여유가 너무 줄어들어 환자에게는 중요하지만 당장 급하지는 않은 요구들이 과하다는 생각이 들었습니다. 당장 옆의 환자가 피를 흘리는 위태로운 상황인데도 자신의 요구사항을 빨리 들어주지 않았다는 이유로 불평하는 환자 앞에서 마음이 힘들었던 적이 많았습니다.

다른 한편으로는 환자에게 하나부터 열까지 잘해줄 수 없다는 사실에 속상함을 느꼈습니다. 사실 중환자실에 있는 환자는 모두 중환자이기 때문에 합당한 간호를 받을 권리가 있습니다. 하지만 실제 상황에서는 상태가 좀 더 좋지 않은 환자에게 손이 더 많이 갈 수밖에 없고 그만큼 다른 환자에게는 시간을 할애하는 게 힘든 것이 현실입니다.

간호사 1명당 환자 1명을 돌볼 수 있다면 아주 훌륭한 수준의 전인 간호Comprehensive nursing care*를 제공할 수 있을 것입니다. 하지만 그렇지 못한 현실에서 전인 간호를 제공하려니 힘에 부치는 상황도 많고, 환자 입장에서도 불만이 발생하게 됩니다. 이때 제가 했던 도전은 노동자로서 권리도 챙기면서, 환자 간호도 주어진 시간 내에 잘 해내는 것이었습니다. 하지만 간호사로 일해본 사람이라면 이 도전이 쉽지 않다는 걸 알 수 있을 겁니다.

도전의 결과는 어땠을까요? 아주 많이 실패했습

---

*   환자가 갖는 다양한 건강상의 욕구를 충족하기 위해 전문적이고 조직화된
    간호를 제공하는 것.

니다. 오늘은 긍정적인 마음으로 환자분에게도 잘하고, 동료들에게도 도움이 되는 하루를 보내자며 다짐하고 들어갈 때면 꼭 응급 상황이 생겼습니다. 정말 해도 해도 끊임없이 생기는 일들에 마음속 여유도 줄어들고, 물도 못 먹고 이리저리 분주하게 움직이면서 일하는데도 인수인계를 하기 전까지 도저히 정리가 안 될 때 스스로 한계도 많이 느꼈습니다. 애초에 안되는 걸 괜히 해보겠다고 한 것은 아닐까, 의도는 좋았으나 현실을 너무 몰랐던 건 아닐까, 역량이 안 되는데 과연 내가 좋은 간호사라고 할 수 있을까 등등. 정말 많은 생각을 하며 이 길을 계속 가야 하는지 진지하게 고민이 되고 속상한 날이 많았습니다.

그 시절 저는 불안했고, 초조했고, 절박했습니다. 어떻게 신규 시절을 버텼을까 생각해보니 학교를 막 졸업한 저에게 간호란 사람을 돌보고, 살릴 수 있는 가치 있는 일이며 한번 도전해볼 만한 일이라는 생각이 있었습니다. 바쁜 근무 가운데서의 위안은 바쁘게 일하는 와중에도 자신에게 너무 잘해주었다며 고마움을 표현해주는 환자분의 말을 들었을 때였습니다. 실제로 잘해드리지도 못한 거 같고, 빨리 일을 끝내면 다른 일을 하러 가기 바빴던 것 같은데 고맙다는 그 말을 들었을 때 '힘들지만, 잘하고 있구나'라며 위로를 받았습니다.

도전은 돈이 들지 않으니까 • 유세웅

위로가 쌓이면 이유가 됩니다. 지금 제게 누군가 간호사를 하는 이유를 물어본다면 "환자를 인격적으로 돌볼 수 있기 때문입니다"라고 말할 것입니다. 이렇게 말할 수 있기까지 치열한 임상 현장에서의 피나는 노력과 수많은 내적 갈등을 겪어야 했습니다. 결코 쉽지 않았지만 환자, 동료, 주변 사람 들이 제게 건넸던 위로들이 쌓여서 제가 일을 하는 이유가 되었습니다.

지금 제가 도전해야 할 것은 무엇인지 고민해봅니다. 우선, 제가 마주치는 환자분들을 더 잘 돌보기 위해 대학원에 진학하는 것이 목표입니다. 환자에게 실제로 도움을 드릴 수 있는 간호 중재를 고민하고 실천하여 논문으로도 그 결과를 공유해보고 싶습니다.

두 번째로는 체력을 기르는 것입니다. 아무리 좋은 목표가 있다고 한들 체력이 뒷받침되지 않으면 완주할 수 없더라고요. 나와 환자 모두를 지키기 위해 체력을 기를 것입니다. 어떤 운동을 하면 좋을지 생각해봤는데, 러닝을 해볼까 합니다. 충분히 연습을 한 후에는 하프 마라톤에 도전해보고 싶습니다. 또 재미를 느낀다면 풀코스 마라톤에도 도전하는 날이 오겠죠?

마지막으로 글 쓰는 일을 멈추지 않는 것입니다. 저는 글을 통해 전해지는 위로의 힘을 믿기에, 힘든 처지에 있는 분들의 마음에 위로가 되는 글을 계속 쓸 것입니다. 제가 목표한 것을 이루기 위해 현실에 안주하지 않고 계속해서 도전할 요량입니다.

도전에는 돈이 들지 않으니까요. 중간에 실패하더라도 계속하면 되는 게 도전의 매력인 것 같습니다. 저도 처음 가보는 길이기에 결과가 어떨지는 모르겠지만, 과정을 즐기는 사람이 되고 싶습니다. 그렇게 나중에 시간이 지났을 때 저와 주변 사람 모두 자극을 받을 수 있는 기쁜 결과가 나오길 기대합니다.

내 마음은 내가 정하는 것이니까

___
김주이

작가님의 글을 읽으며 저의 신규 간호사 시절이 생각났습니다. 매일 긴장되고 떨리던 신규 시절, 새로운 시작이 설레면서도 닥쳐오는 모든 업무가 부담스럽고 어려웠던 그 시절, 그 시절 제 안에 있던 감정들과 기억들이 하나하나 생각나네요.

그때는 왜 그렇게 모든 것이 어려웠을까요? 미숙한 저에게 새롭게 닥친 업무도 어렵고 처음 사회로 나와서 맺는 인간관계도 너무 어려웠습니다. 성향이 다른 누군가와 한 공간에서 일하면서 이견이 발생할 때마다 서로 다른 생각을 맞춰가는 모든 과정이 쉽지 않았습니다. 제가 간호를 제공해야 하는 환자들의 성향 역시도 너무나 다양했기에 사람들을 대할 때 제가 예상했던 것과는 다른 반응을 보여서 당황했던 적도 많았습니다.

저에게 본인의 감정을 투사하며 이유 없이 화를 내는 사람들, 존중하지 않는 태도로 말하며 제가 해야 하는 업무가 아닌데도 무례하게 요구하는 사람들도 있었지요. 사람이 무례함에 노출되었을 때 업무 능력이 저하된다는 연구*를 본 적이 있습니다. 무례한 사람과는 소통에 어려움이 있기 때문에 업무와 관련한 정보를 공유하거나 서로를 돕기 위한 움직임이 없어진다는 이야기였는데요. 저도 이러한 경험이 있기에 공감했습니다.

우리 역시 동료와 환자에게 친절해야 직업 현장의 능률을 올릴 수 있습니다. 우리가 원하지 않는 태도를 타인에게도 하지 않는 것이 중요합니다. 자신이 불쾌함을 느끼는 말은 타인 역시 들었을 때 동일한 감정을 느낄 것입니다. 본인이 싫어하는 행동은 본인 역시 하면 안 되는 것이겠지요.

이런 노력에도 불구하고 임상 현장에서 무례한 사람들을 마주하는 순간들이 있습니다. 제가 그런 분들을 겪으

---

* 김남권, 「의사에게 무례하게 대하면 수술 환자 안전 위험↑」, 연합뉴스, 2015.12.30.

내 마음은 내가 정하는 것이니까 · 김주이

며 힘들어할 때, 지인이 이런 조언을 해줬습니다.

"그분이 너에게 무례한 행동을 했어. 그 사건은 이미 벌어졌어. 그렇지만 그 사건을 대하는 태도와 감정은 너의 것이니 너의 감정까지 나쁜 감정으로 물들일 필요는 없어. 네 마음은 네가 정하는 거야."

그 조언을 듣고 저의 시각이 많이 바뀌었습니다. '아! 저 사람으로 인해 지금 나의 하루를 망칠 수는 없어. 오늘 이 사건으로 나의 행복한 시간을 나쁜 기억으로 물들게 하지는 않을 거야'라고 생각하게 되었습니다. 그 사람이 제게 무례한 행동을 한 것은 그 사람의 문제이지 제 문제는 아닙니다. 그 사람이 이유 없이 화를 내는 것은 그 사람 인격의 문제이지 제 문제는 아닙니다. 그것으로 저의 하루와 기분을 망칠 필요는 없으니까 덤덤하게 그 순간을 보내보려고 노력합니다. 제 감정은 저의 것이니 이 사건과 이 사람으로 인해 마음이 상처 받지 않도록 저를 보호해봅니다. 이렇게 우리는 모두 무례함으로부터 스스로를 지키는 노력이 필요하다고 생각합니다.

저는 이미 벌어진 일을 돌이킬 수 있는 능력이 없고, 세상의 다양한 사람들을 제가 예상한 대로 반응하게 만들 수도 없으며, 피하고 싶은 사람을 반드시 피할 수 있는 능력도 없습니다. 그렇지만 제가 할 수 있는 것이 있었습니다. 그 모든 상황에서 제 마음은 제가 정할 수 있습니다. 제 기분을 망치지 않을 권리와 의지가 저에게 있다는 것입니다.

　　작가님, 오늘 아침에 눈을 뜨자마자 저의 핸드폰에는 여러 건의 메시지가 와 있었습니다.
　　임상 실습을 진행하는 학생들의 코로나19 유증상 혹은 확진, 확진으로부터의 노출 등 코로나 상황에 관한 보고였습니다. 확진자가 증가하는 상황에서 병원 실습을 유지하는 것이 어려운 요즈음입니다. 학과의 특성상 병원과 지역사회에서 대상자들을 만나는 실습을 진행해야 하는데, 코로나19 확진 및 노출로 인해 실습을 중단하는 사례가 매일 발생하고 있습니다. 매일매일 관련 업무가 늘어나고 변화하는 지침에 대응하느라 정신없는 나날을 보내고 있습니다.
　　그럼에도 불구하고 오늘 실습 지도를 가는 길에 많은 것이 감사하다는 생각이 들었습니다. 오늘 제가 지도하는 실습생들은 무사히 실습을 마칠 수 있었고, 아직 모든 병원이 실습을 중단한 것은 아니며, 학생들이 유증상, 노출, 확진 여부를 신속하게 전달하고 있고, 조교 선생님들이 확진자를 신속하게 정리해서 보고해주고 있으며, 4학년 학생들이 취업 전에 임상 실습을 경험할 수 있었고, 실습이 중단되어도 함께

하는 교수님들이 각자 학생들을 지도해주셔서 감사했습니다.

그리고 계절은 묵묵히 변화하여 실습 지도를 가기 전까지 정신없이 업무를 처리하고 문을 나서는데 날씨가 정말 따뜻하고 좋아서 발걸음이 새삼 상쾌해졌습니다.

작가님은 어떤 하루를 보내셨을까요? 오늘 하루를 겪으며 저는 다시 한번 어떠한 상황에서도 제 마음은 제가 결정할 수 있기에 감사함을 찾으며 즐겁고 행복하게 살도록 노력해야겠다고 다짐했습니다. 그럴 수 있게 도와주는 주위 모든 환경에 감사하며 편지를 마칩니다.

Work ethic

———

유세웅

어떤 일을 취미 수준으로 하는 것을 아마추어라고 한다면 직업으로서 전문적으로 하는 것을 프로라고 할 수 있습니다. 그래서일까요? 교수님의 글을 읽고 '프로답게 행동해'라는 말이 떠올랐습니다. 어려운 상황을 마주치거나, 무례한 사람들을 만날 때면 감정적으로 반응할 수도 있지만 그건 아마추어 수준이라고 생각합니다. 교수님께서 말씀하신대로 제 반응은 제가 선택하는 것이니 주변 상황과 사람에 휩쓸리지 않고 유연하게 대처해야겠습니다. 우리는 프로니까요.

일에서 아마추어와 프로의 차이는 무엇일지 생각해봤습니다. 아무래도 실력과 경험에서 차이가 나겠지만, 처음부터 프로인 사람은 없을 테니 아마추어도 많은 시간과 노력 그리고 경험이 쌓인다면 프로와 비슷한 수준까지 도달할 수 있을 것입니다. 그러나 모든 사람이 프로가 되는 것은 아닙니다. 저는 일을 대하는 진심 어린 태도가 아마추어와 프로의 차이를 극명하게 구분한다고 생각합니다.

진심은 상대방의 닫힌 마음을 열어주는 열쇠입니다. 마음을 다해봤던 기억 중 제가 입사했을 때가 떠오릅니다. 실력보다는 의욕이 앞섰던 신규 시절, 제가 할 수 있었던 건 내 앞의 사람들을 진심으로 대하는 것이었습니다. 먼저, 매일 배정받은 환자분들을 존중하며 돌봐드리려고 노력했습니다. 바쁘더라도 환자의 말을 끊지 않고 끝까지 듣고 말하기, 어떤 처치를 하거나 투약할 때 충분히 설명하기, 환자의 기분과 감정을 물어보기 등 제가 맡은 역할 안에서 진심을 담아 환자분들을 대했습니다.

중환자실에서 일했으니 이런 제 모습이 조금은 특이했을 것입니다. 왜냐하면 언제든지 응급 상황이 발생할 수 있고, 빨리 빨리 해야 일이 밀리지 않고 겨우 제시간에 퇴근할 수 있는 중환자실에서는 따로 시간을 내어 환자분과 이야기를 나누기가 어렵기 때문입니다. 아직 부족한 실력에 일을 그리 잘하지 못했던 저는 늦게 퇴근하기 일쑤였습니다. 하지만 포기하지 않고 소신껏 하루하루 최선을 다하다 보니 일하는 속도가 빨라졌습니다. 그 결과 근무하며 환자분들께 양질의 간호를 제공함과 동시에 정시 퇴근을 놓치지 않는 날이 많아졌습니다.

그리고 직장 동료들에게도 마음을 다해 대하려고 노력하고 있습니다. 저보다 교수님이 더 잘 아시겠지만, 인간관계에서 내가 아무리 선한 의도로 말과 행동을 했더라도 상대방은 전혀 다른 의미로 받아들일 수도 있음을 많이 경험했습니다.

특히 신규 시절엔 오해도 많이 받고 미숙한 부분이 많아서 갈등이 생기는 경우도 있었습니다. 돌이켜보면 중요한 것들이 넘쳐나는 현장에서 우선순위가 무엇인지를 판단하며 간호를 해야 한다는 점이 신규 간호사로서 힘들었던 것 같습니다. 예를 들어 동시에 3~4가지 업무를 해야 하는 상황에서 제가 중요하다고 생각하는 우선순위를 바탕으로 일을 하고 있었습니다. 그런데 일하는 속도가 느리다 보니 일이 밀리게 되었습니다. 그런 제 모습을 보고 경력이 많은 선생님께서 피드백을 주셨는데요. 당시에는 합리적인 피드백을 받아들이기보다는 내 생각과 판단을 믿어주지 않는다는 생각을 하며 반발심이 생겼었습니다.

수술을 받은 직후의 환자들은 일단 살리는 것이 가장 우선입니다. 그래서 혈압, 출혈량, 소변량, 혈액검사 결과 등을 꼼꼼히 확인하고 적시에 적절한 처치를 해주는 것이 무엇보다 중요합니다. 그리고 만약 다른 동료가 담당하는 환자의 상태가 좋지 못할 때는 먼저 찾아가서 도와주며 팀워크를 발휘할 수 있어야 합니다. 또 환자가 호소하는 증상과 행동에도 관심을 가지고 적절히 반응할 수 있어야 합니다.

나중에 시간이 흘러 일이 능숙해지면서 이런 우선순위들이 눈에 보이기 시작했습니다. 선배가 피드백을 주셨던 이유를 이해하게 되었죠. 그때부터 제 주관을 가져가면서도 동시에 타인의 의견을 경청하는 태도를 갖추기 시작했습니다. 동료들과 이야기하면서 피드백 받는 부분들을 제 것으로 만들려고 부단히 노력했고, 시간이 흘러 내 몫을 해내면서도 동료들의 상황을 함께 살필 줄 알게 되었을 때 비로소 '환자를 잘 돌보고 싶다'는 제 진심이 동료들에게도 전해지게 되었습니다. 이 경험을 통해서 시간이 얼마나 걸리냐의 차이일 뿐, 결국 진심은 통하는 법임을 깨달았습니다.

저는 메이저리그 경기를 보는 게 취미인데요. 류현진 선수가 LA 다저스로 입단했을 때부터 챙겨보기 시작했습니다. 세계에서 가장 야구를 잘한다는 사람들이 모여서 경기를 하는데, 선수들의 멋진 실력을 보는 재미가 있습니다. 모두가 잘할 것 같은 메이저리그지만, 경기를 보다 보면 선수 간 차이가 나는 것을 목격할 수 있습니다. 그것은 바로 'Work ethic'이라고 일컬어지는 야구를 대하는 선수들의 태도, 바로 '직업 정신'입니다.

예를 들면 타자가 땅볼을 친 상황에서 A 선수는 상대편이 실수하거나 공이 느리게 굴러가서 혹시라도 세이프될 수도 있으니 1루까지 전력 질주를 합니다. B 선수는 어차피 아웃이 될 거라고 생각하며 설렁설렁 뛰어갑니다. 내가 감독이라면 어떤 선수를 더 신뢰하고 기용하게 될까요? 그리고 A 선수와 B 선수가 비슷한 능력치를 가졌다고 가정했을 때 한 시즌을 다 치른 뒤 성적을 비교해보면 어떤 선수가 더 좋은 성적을 거두게 될까요? 100% 확신할 수 없지만 아마 높은 확률로 A 선수일 것입니다.

각 구단에서는 스카우트를 통해 선수들을 영입하는데 평가 항목에는 꼭 '직업 정신'이 포함되어 있다고 합니다. 메이저리그에서도 실력도 실력이지만 야구를 진심으로 대하는 선수를 눈여겨보고 있다는 방증입니다.

제가 직장에서 지키고 싶은 '직업 정신'은 내가 틀릴 수도 있음을 인정하며 겸손하기, 환자이기 전에 한 인격체임을 기억하며 간호하기, 나이가 아닌 탁월함이 경력이 되도록 부단히 노력하기입니다. 누가 지켜보지 않더라도 자신이 알고, 변화하는 제 모습을 통해 주변에도 선한 영향력을 줄 수 있으니 해볼 만한 시도입니다. 교수님의 '직업 정신'은 무엇인가요?

힘든 결정

———

김주이

작가님의 질문을 읽고 제 직업의 '직업 정신'을 생각해보았습니다. 저는 제가 하는 교육과 연구로 지금보다 나은 내일을 만들어가고 있다고 믿습니다. 그 믿음이 계속되기 위해서는 저 역시 계속해서 질 높은 교육과 연구를 해나가야 합니다. 이를 위해 정체하지 않고 계속 노력하는 것, 다양한 타인을 인정하고 타인의 입장에서 생각해보는 것이 저의 '직업 정신'입니다.

저는 요즈음 중환자실 실습 지도를 나가고 있습니다. 실습 지도 시 학생들과 함께하는 집담회에서 지식뿐만 아니라 윤리적 딜레마 상황이나, 병원에서 마주하게 될 수 있는 여러 가지 상황들에 대해 서로의 의견을 묻고 토의를 합니다.

이번 실습에서는 종말기 의료*에서 본인 또는 가족의 의사결정에 따라 심폐소생술을 시행하지 않는 것을 의미하는 '소생술 포기 DNR_{Do not resuscitate}'와 관련된 주제로 많은 이야기를 나눴습니다.

학생들은 중환자실에 입원한 환자들을 간호하면서 DNR과 관련된 여러 가지 상황을 경험했습니다. 의료진이 DNR에 대한 설명을 했을 때 가족들의 의견이 모두 달랐던 사례, 환자는 연명치료를 더 이상 받고 싶지 않다고 의사를 밝혔지만 보호자들이 이를 수용하기 어려워하는 사례 등 우리가 임상에서 경험할 수 있는 사례들을 실습 동안 직접 겪은 학생들에게 저는 다음의 상황을 제시하고 학생들의 의견을 물어봤습니다.

가족이 완치가 불가능한 상황에서, 의료진이 DNR을 설명하고 동의서에 서명할 것인지 묻는다면, 나는 서명할 것인가?

'서명하지 못할 것 같다' '서명할 것이다' 등 의견이 나뉘었습니다. 정답이 없는 문제이지요. 답이 없는 문제

---

* 죽음이 가까워진 환자와 가족을 대상으로 한 케어를 말한다.

지만 저는 학생들에게 분명한 한 가지를 설명해주었습니다. DNR은 환자의 치료를 포기한다는 개념이 아니라, 힘든 치료를 지속하면서 환자가 버텨내야 하는 고통을 최소화하기 위한 고민이라는 것을요. DNR에 서명한 환자와 가족은 치료를 포기하는 것이 아니라 환자가 존엄하게 죽을 권리를 존중한 것이라고요. 그리고 우리가 해야 할 일은 그 동의서에 서명한 가족의 결정을 존중하고 그들의 마음이 아주 힘들었음을 이해하고 공감해주는 것이라고 말해주었습니다. 물론 DNR 동의서에 서명하지 못하는 보호자들의 마음도 얼마나 힘들고 괴로울지 공감하고 위로할 수 있는 우리가 되자고 이야기했습니다.

　　제가 임상에 근무하던 시절, 간호하던 환자의 어머님이 저에게 찾아와 물으신 적이 있어요.

　　"선생님, 제가 오늘 주치의 선생님으로부터 DNR에 대한 설명을 들었어요. 고민하다가 결국 동의했는데 동의를 하고 나서도 마음이 너무 괴로워요. 제가 잘한 걸까요? 제가 뭔가 아이의 치료를 포기하는 건 아닐까요? 선생님이라면 어떤 결정을 내리셨을까요? 선생님이 우리 딸을 많이 보셔서 알잖아요."

　　어머님의 물음에 저는 이렇게 대답했습니다.

　　"어머님. 제가 어떻게 어머님의 마음을 다 헤아릴

수 있겠어요. 너무 힘든 과정이에요. 제가 드릴 수 있는 말이 있다면 우리가 이 결정으로 인해 따님의 치료를 포기하는 것은 아니라는 거예요. 힘든 과정을 줄여주고자 하는 것이에요. 그리고 말씀드리기 너무 어렵지만, 저는 어머님의 선택을 지지해요. 제가 어머님이었어도 저는 결국 사인을 했을 거예요. 따님이 이후 남은 치료 과정에서 아주 힘들 수 있다는 것을 알기에 어머님은 이 결정을 하신 것이고, 우리는 모두 그 사실을 알고 있어요. 따님이 힘들어하는 그 상황을 줄여주고 싶은 마음이라는 것을요."

어머님은 그날 많이 우셨습니다. 그리고 저의 손을 꼭 잡으셨어요. 아무것도 해드린 게 없는 저에게 고맙다고 연신 말씀하시고 자리를 떠나셨습니다.

작가님. 세상에는 정답이 없는 문제들이 참 많습니다. 그 모든 상황에서 우리는 그저 지혜를 구하며 현명하게 상황을 해결해나가기를 바랄 뿐이에요.

오늘도 저는 중환자실 실습을 마친 학생들과 집담회를 하러 갑니다. 오늘 학생들은 또 어떤 상황을 마주하고 왔을까요? 임상의 다양한 상황들을 논의하는 그 자리에서 저 역시 학생들에게 많은 지혜를 줄 수 있기를 기도해봅니다.

존엄한 죽음

―――――

유세웅

언젠가 집에 갔을 때 엄마와 산책하며 연명치료에 관한 이야기를 나눈 적이 있습니다. 선선한 바람이 불었던 산책로에서 엄마와 대화를 나눴던 기억이 아직도 생생합니다.

"엄마, 만약 엄마 몸에 병이 생겨서 적극적인 치료를 할 것인지 아니면 최소한의 치료만 진행할 건지 결정해야 하는 상황이 생겼을 때 엄마는 어떻게 하고 싶어?"

"나는 코에 산소 치료하는 것까지는 하겠지만 그 이상은 하고 싶지 않다. 수술도 싫고. 그냥 제명대로 살다가 가고 싶어."

"심폐소생술도 안 하고, 인공호흡기도 하고 싶지 않은 거지?"

"응. 나는 이제 네가 장가가는 모습만 보면 다 이루었지. 기쁘고 감사한 마음으로 하나님이 부르시면 그냥 가고 싶구나."

우리는 언젠가 늙고, 병들고 누군가의 돌봄 없이는 살아갈 수 없는 순간을 마주칩니다. 제 욕심으로는 엄마와의 시간이 영원하길 바라지만, 우리에게 주어진 시간이 유한하다는 것을 알고 있습니다. 제가 집에 내려갔을 때 엄마에게 질문했던 이유도 지금처럼 의식이 명확하고 의사소통이 될 때 엄마의 뜻을 알고 싶었고 존중하고 싶었기 때문입니다.

중환자실에서 일하면서 가장 안타까웠던 상황은 평소 환자의 의사를 확실히 알지 못한 채 남아 있는 가족들이 적극적인 치료를 계속할 것인지, 어느 순간 치료를 중단할 것인지 결정해야 하는 상황이었습니다. 경황이 없는 상황에서 가족들은 환자분이 심정지가 왔을 때 심폐소생술을 할 것인지, 심장과 폐의 기능을 보조해주는 에크모 치료*를 할 것인

* 체외심폐보조장치. 환자의 심장과 폐 상태가 악화하여 기능을 제대로 하지 못하게 되었을 때, 혈액을 환자 몸에서 빼내어서 혈액에 있는 이산화탄소를 제거하는 동시에 산소를 공급한 후 다시 환자 몸속으로 혈액을 순환시키는 장치.

지, 승압제*를 사용할 것인지, 숨이 차면 인공호흡기를 할 것인지와 같은 선택지를 의료진으로부터 설명 듣습니다. 설명을 듣는 내내 가족들은 무엇이 최선일까, 어떤 치료까지 하는 것이 맞는 걸까, 혹여나 치료 과정에 내가 사랑하는 사람이 너무 아파하거나 힘들어하는 건 아닐까 하는 생각들이 지나갑니다.

보호자들은 충분히 상의한 후에 의료진에게 의사를 표현하시지만 억장이 무너져내리는 마음을 숨길 수 없습니다. 흐느끼는 목소리, 떨리는 손, 금방이라도 펑펑 울음이 터질 것 같은 눈을 통해 슬픔의 깊이를 조금이나마 공감합니다. 병원에서 일하는 저 역시도 언젠가 보호자의 입장에서 결정해야 할 때가 오겠지요. 그때가 오면 미리 물었던 엄마의 생각을 존중하여 의사결정을 할 것입니다.

예전에 한 간호사 선생님과 연명치료와 관련해서 대화를 나눈 적이 있습니다. 연명치료에 대해 많이 하는 오해 중 하나는 연명치료를 하지 않는 것이 끝이라고 생각하고, 환자의 치료를 포기하는 것이라고 생각하는 것입니다. 이 부분은 보호자들도, 의료진들도 오해하고 계신 분들이 많습니다.

---

*   평균 동맥 혈압을 높이는 약으로, 혈관을 수축하거나 심장 근육의 수축력을 증가시켜 혈압을 높이는 약을 일컫는다.

존엄한 죽음 · 유세웅

보호자에게 말씀드리고 싶은 것은 연명치료를 어느 단계까지 지속할 것인지 결정한 부분에 대해 죄책감을 느끼지 않으셨으면 하는 점입니다. 살아생전에 환자분께서 의사를 표현했을 경우에는 환자분의 뜻을 존중하는 것이고, 설령 환자분께서 의사를 표현하지 못하는 상황에서 내린 결정이라도 환자분이 존엄하게 치료받기 위한 결정을 한 것이지 결코 포기한 것이 아니니까요.

의료진의 입장에서 기억해야 할 점은 환자와 보호자가 결정한 연명치료의 범위 내에서 끝까지 최선을 다해 환자를 치료하고 돌봐야 한다는 점입니다. 응급 상황이 생겼을 때 심폐소생술을 하지 않겠다고 해서 현재 진행 중인 치료를 적극적으로 하지 않겠다는 말이 아니기 때문입니다.

저 또한 간호사 선생님과 연명치료에 관한 대화를 한 후, 연명치료 중단의 의미를 오해하고 있었다는 사실을 깨닫고 반성했습니다. 환자분과 사전에 협의한 상황에 마주치면 결정한 대로 따라야 하겠지만, 그전까지는 내 앞의 환자분을 최선을 다해 치료하고 돌보는 것이 의료진의 역할임을 이제는 잘 알고 있습니다.

중환자실에서 환자분의 눈빛이 또렷해지는 순간

은 가족들의 이름을 들을 때, 사랑하는 사람들의 목소리를 들을 때, 혼자가 아니라 옆에 누군가 있다는 음성을 들을 때입니다. 인공호흡기에 의지하지 않고서는 숨을 쉴 수 없는 때, 승압제를 사용하고 있음에도 심장이 잘 뛰지 않는 때, 중환자실 한 침상 위에서 홀로 치료받고 있는 때, 환자에게 가장 의지가 되는 것은 사랑하는 사람들과의 추억, 사랑을 주고받았던 기억, 옆에서 자리를 지켜주는 사람이 있다는 사실입니다.

언젠가 저 역시도 질병에 걸려 몸 상태가 악화된다면 상의한 단계까지 치료를 진행한 후 삶의 마지막 순간을 마주칠 것입니다. 요즘 제 주변 사람들과 좋은 추억을 쌓는 일을 미루고 있는 건 아닌지, 사랑을 표현하는 것을 주저하고 있는 건 아닌지, 누군가의 곁을 지켜주는 일을 미루고 있는 건 아닌지 되돌아봅니다.

제게 주어진 시간을 허비하지 않고 매일을 충실히 살아내다가, 두려움과 외로움이 다가올 그 마지막 순간에 사랑하고, 사랑받았던 기억들이 많이 떠오르면 좋겠습니다. 그것이 제가 바라는 존엄한 죽음입니다. 쓰다 보니 내용이 조금 무겁게 느껴집니다. 하지만 한 번쯤은 진지하게 고민해봐야 하는 주제라고 생각합니다. 교수님과 함께하는 학생분들도 환자 및 보호자의 몸뿐만 아니라 마음까지도 헤아리고 돌볼 수 있는 훌륭한 간호사로 성장하길 응원합니다.

잘 살아내자

김주이

죽음은 우리 모두에게 주어진 과정이기에 그 과정을 어떻게 맞이할 것인지에 대해 충분히 생각해보는 것은 매우 중요한 일이라고 생각합니다. 누구나 겪게 되는 그 과정을 아름답고 존엄하게 마주할 수 있도록 도와주는 것 역시 우리의 역할이 아닐까요.

작가님의 첫 번째 책인 『아이씨유 간호사』(포널스, 2020)를 읽고 임상에서 일했던 많은 순간이 떠올랐습니다. 작가님의 글들을 읽으니 제가 만났던 환자와 보호자, 그리고 동료 들이 많이 생각나더군요. 책을 덮는 순간 문득 제가 병동에서 오랜 시간 간호했던 환자의 보호자 한 분이 생각났어요.

그분은 제가 근무하는 병동에 입원했던 아이의 어

머님이셨습니다. 문득 아이의 어머니가 잘 지내고 계시는지 궁금해졌습니다. 제가 근무한 신경외과 병동에는 뇌의 기능장애로 자기 자신이나 사물을 인식하는 능력이 감소한 환자들이 많이 입원했는데요, 환자분들의 증상 때문에 보호자와 의사소통하는 경우가 많았습니다. 또 질병 특성상 장기 입원을 하는 경우가 많았는데, 오랜 시간을 병동에서 함께 보내다 보니 환자뿐만 아니라 보호자들과도 많은 정이 들었습니다.

아이는 준중환자실에 입원했었는데, 준중환자실은 보호자가 환자와 함께 있을 수 없다 보니 아이의 어머니는 보호자 대기실에서 대기하시다가 면회 시간에 아이를 보러 오셨습니다. 끼니도 제대로 드시지 못하는 경우가 많았고 잠도 편히 못 주무시는 것 같았습니다. 이브닝 근무를 하던 어느 날, 근무가 끝나고 동료들과 함께 아이의 어머니를 병원 밖으로 모시고 나왔습니다.

"어머니 저희랑 같이 야식 먹으러 가요."

어느 순간 아이의 어머니에게는 병원에서 매일 마주치는 저희가 가장 가까운 친구가 되었습니다. 저희 앞에 놓인 접시가 비어갈 즈음 어머니가 저에게 물으시더군요.

"선생님, 우리 아이가 다시 일어날 수 있을까요?"

어려운 질문이었습니다. 임상에서 일하는 저희는

최선을 다하고 있지만 저희의 힘으로는 어쩔 수 없는 문제들이 있다는 것을 알고 있습니다. 아이가 전처럼 일어설 수 있을지, 아이의 어머니가 과거의 삶으로 돌아갈 수 있을지 저는 알 수 없었습니다.

"어머니, 저는 어머니가 즐겁게 사셨으면 좋겠어요. 지금의 상황에서도요. 이런 말이 어떻게 들리실지 모르겠지만, 전에 배우고 싶어하시던 커피 만드는 법도 배우시고, 기회가 되면 바리스타 자격증도 따시고, 친구들도 만나시고, 맛있는 것도 드시면서요. 아마 아이도 어머니가 그러길 바랄 거예요. 본인 옆에서 힘들어하는 모습을 바라지는 않을 거예요. 엄마의 삶을 즐겁게 사시기를 바랄 거예요."

제 이야기를 듣고 계시던 아이 어머니의 숨소리가 미세하게 떨렸습니다. 얼마 뒤 아이의 어머니는 퇴원을 준비하셨습니다. 아이의 상태가 좋아진 것은 아니지만, 급한 관리가 필요한 상태는 아니었기에 퇴원 결정이 내려졌습니다. 아이의 어머니는 집에서 아이를 돌볼 수 있는 모든 장비를 갖추었다고 하셨고, 저희에게 감사 인사와 편지를 남긴 후 병원을 떠나셨습니다.

그 후로도 가끔 아이의 어머니께 연락해서 잘 지내시는지, 아이는 어떤지 안부를 물었습니다. 그럴 때마다 안

정된 당신의 삶을 찾아가는 듯하다가도 순간순간 다시 흔들리는 어머니의 모습이 수화기 너머로 느껴졌습니다. 즐겁게 살자고 마음먹었다가도 자신이 즐겁게 사는 것에 왠지 모를 죄책감을 느끼시는 것 같기도 했습니다. 아이의 옆을 잠시라도 비우고 무언가를 배우는 것이, 새로운 일에 도전하는 것이 어머니에게는 쉽지 않은 일이었습니다.

많은 시간이 흘러 아이는 성인의 나이가 되었고 저도 어느 순간 아이의 어머님께 연락을 드리지 않게 되었습니다. 혹여나 제가 살아가는 평범한 모습들이 본의 아니게 아픔을 드리지는 않을까 걱정되어 연락을 건네기가 두려웠습니다. 그리고 연락을 드렸을 때 들려올지도 모르는 아이의 슬픈 소식을 마주하기가 어려울 듯해 망설여졌습니다. 그렇지만 늘 기도하고 있었고, 많이 생각하고 있었습니다. 어딘가에서 아이의 어머니가 당신의 쾌활하고 즐겁고 좋은 사람, 그 모습 그대로 행복하게 지내셨으면 좋겠다고 생각했습니다.

작가님의 책을 다 읽고 책장을 덮은 그날, 저는 아이의 어머님께 전화를 걸었습니다. 작가님의 이야기를 읽으며 뜨거워진 마음 덕분이었을까요? 아이의 어머니께 전화를 걸어보고 싶었고, 저의 전화를 반가워하실 것이라는 믿음이 생겨서 용기를 내보았습니다. 신호음이 한두 번 울리고 나서 어머니는 전화를 받으셨습니다.

"선생님……"

"어머니……"

"잘 지내시죠?"

"잘 지내세요?"

우리는 아무 말 없이 한동안 수화기를 붙잡고 눈물을 흘렸습니다. 제가 임상을 떠난 지는 약 10년이 되었습니다. 그런데 아이를 간호하던 그 순간이 엊그제 일처럼 생생하게 기억이 나더군요.

어머니는 아이가 많이 힘들어하던 어느 날 밤, 당시 근무였던 제가 아이를 잘 간호해주어 정말 고마웠다고 말씀하셨습니다. 10년도 더 된 일인데 말이죠. 그 기억 하나로 아이의 어머니에게 저는 꽃처럼 아름다운 존재가 되어 오랜 시간 잊히지 않는 사람이 되었습니다. 놀랍게도 아이의 어머니는 제 블로그의 글도 가끔 읽으셨고, 제가 살아가는 모습들을 알고 계셨습니다. 우리는 그렇게 서로를 배려하고 가끔 그리워하며 각자의 삶을 살아내고 있었습니다. 아이의 어머니께 어려운 질문을 해야 했습니다. 아이의 안부를 묻지 않을 수 없었습니다.

잘 살아내자 · 김주이

"어머니…… 조심스러운 질문이지만, 아이는요?"

"선생님…… 잘 보내줬어요. 많이 힘들었고, 지금도 많이 힘든데, 그래도 잘 살아내려고요. 그렇게 살아가고 있어요."

아이는 저희 아버지가 돌아가시기 하루 전 세상을 떠났습니다. 아이 어머니께 저희 아버지의 소식도 전했는데 어머니는 제 블로그의 글을 통해 알고 계셨더라고요. 사랑하는 사람을 떠나보낸 서로의 고통이 느껴져서 우리는 또 한동안 말없이 울었습니다.

"하느님을 원망한 적은 없니?"

"솔직하게 말해도 돼요?"

"그럼."

"사실 저는 아직도 잘 모르겠어요."

"뭐를?"

"완전한 존재가 어떻게 불완전한 존재를 이해할 수 있는지…… 그건 정말 어려운 일 같거든요."

"……"

"그래서 아직 기도를 못 했어요. 이해하실 수 없을 것 같아서."*

작가님. 저는 그날 전화하기를 참 잘했다는 생각이 듭니다. 서로가 서로에게 많이 위로받았고 힘이 되었습니다. 통화를 마치며 우리는 서로의 마음이 따뜻해졌음을 느꼈습니다. 아이의 어머니와 통화하면서 저는 그런 생각을 했습니다. 우리는 모두 나약하고 흔들리고 모나고 실수투성이인 불완전한 존재이지만, 불완전하기에 서로를 이해할 수 있고 서로에게 기대면서 살아가는 게 아닌가 하는 생각을요. 아이의 어머니도 그리고 저도 잘 살아내기를 원하고 바랍니다. 그리고 우리는 잘 살아낼 것입니다.

*   김애란, 『두근두근 내 인생』, 창비, 2011, 170~171쪽.

잘 살아내자 • 김주이

4장

위하는 마음

품이 넓은 사람

유세웅

간호사와 보호자의 관계를 뛰어넘어 인간 대 인간으로 소통하셨던 교수님의 모습이 감동적입니다. 진심으로 보호자를 생각하며 말을 건네고 함께 식사했던 그 순간들이 보호자에게는 무엇과도 바꿀 수 없는 큰 위로였을 것입니다. 그 순간을 상상하고 울컥했습니다. 정신없이 흘러가는 우리 인생에서 기억에 남는 순간은 감정을 나누고 서로를 진심으로 생각해주는 그런 순간들이 아닐까 싶습니다.

이번 주에 저는 어버이날을 맞이해서 어머니가 계신 집에 다녀왔습니다. 다들 고향에 내려간다는 똑같은 생각을 하고 있었는지 대부분의 버스 노선이 매진되어 겨우 한 자리를 구할 수 있었습니다. 일을 마무리하고, 짐을 챙겨서 지하철역에 갔는데 어버이날과 퇴근 시간이 겹쳐서 엄청난 인파 속에서 겨우 지하철을 탔습니다.

고속버스터미널로 향하는 지하철에서 요즘 나는 어떻게 살아가고 있는지 되돌아봤습니다. 직업적으로는 맡겨진 일을 잘 해내고 싶고, 하나라도 더 배워서 좋은 결과물을 내고 싶은 마음이 자리 잡고 있습니다. 다른 한편으로는 재테크를 잘해서 결혼 자금을 마련하고 싶어 이것저것 알아보는 중인데요. 이 모든 걸 다 해내려니 시간도, 체력도 따라가기 버거워서 자꾸 마음속 여유가 줄어드는 느낌이 들었습니다. 누가 시킨 것은 아닌데, 손을 벌리지 않고 혼자서 해내야 한다는 생각에 저를 계속 몰아붙이고 있었습니다.

고속버스터미널에 도착해서 버스를 타고 집에 도착하니 자정쯤 되었습니다. 불 꺼진 집에 들어가서 제 방에 갔는데 이미 조카들이 침대와 바닥에 펼쳐진 이불 위에서 잠들어 있었습니다. 혹여나 조카들이 잠에서 깰까 조용히 거실로 이동하여 대충 누워서 잠들었는데, 새벽에 잠에서 깨신 어머니께서 저를 보고는 베개와 이불을 가져다주셨습니다. 그때 눈을 잠깐 떠서 '역시 나를 챙겨주시는 것은 어머니밖에 없구나'라는 생각을 하고 다시 잠들었습니다.

해가 중천에 떠서야 눈이 떠졌습니다. 삼촌이 잠

에서 깨기만을 기다렸던 조카들은 저에게 점심을 든든하게 먹어두라고 말했습니다. 이유를 물었더니, 집 앞에 있는 놀이터에 함께 가서 재밌게 놀고 싶다고 했습니다. 놀이터에 가자는 일차적인 이유는 심심해서 놀고 싶다는 마음이었겠지만, '삼촌과 함께 가고 싶다'라는 조카들의 마음이 괜스레 따뜻하게 느껴졌습니다. 점심을 먹고 나서 조카들의 손을 잡고 함께 놀이터로 향했습니다.

　　　　놀이터 다음 행선지는 사진관이었습니다. 각자 다른 지역에 살고 있는 온 가족이 어버이날을 맞아서 한곳에 모였기에 가족사진을 찍기로 했습니다. 사진관에서 콘셉트를 잡고 오면 촬영에 도움이 된다는 정보를 주셨기에 하의는 검정, 상의는 흰색으로 옷을 맞춰봤습니다. 누나들은 이 옷, 저 옷 갈아입으며 제게 어떤지 계속 물어봤습니다. 제가 보기엔 다 똑같았지만, 이 옷도 저 옷도 각각 다른 느낌으로 잘 어울린다고 말했습니다. 결국 누나들은 각자가 처음부터 마음에 들었던 옷을 입고선 사진관에 도착했습니다.

　　　　가족사진을 잘 찍고 나서 집으로 돌아가는 길에 고등학생 때 다녔던 모교도 보이고, 이사했던 추억도 떠오르고, 학생 때 집에서 가족들과 지냈던 순간들이 떠올랐습니다.

사춘기가 심하게 와서 가족들의 마음을 속상하게 했던 적도 있고, 성적 때문에 스트레스를 받아서 힘들어했던 적도 있었는데요. 제가 그럴 때마다 가족들은 저를 혼내기보다는 이해해주고 기다려주었습니다.

사춘기 시절, 감정을 잘 조절하지 못하고 내면에 화가 쌓여 있던 제가 변화한 계기가 있었습니다. 어느 날, 교회 선생님과 대화를 하다가 어머니께서 새벽기도를 나가신다는 사실을 알게 된 것입니다. "세웅아, 새벽에 기도를 하러 갔는데 누가 눈물을 흘리면서 세웅이 이름을 부르고 있더라. 가까이 가보니 너희 어머니였어. 하루도 빠짐없이 매일 오시더라." 저는 그 이야기를 듣고 어머니의 사랑을 새삼 자각했습니다. 그 이후 내면의 결핍들이 점차 채워지는 느낌을 받았습니다.

초등학생 때 아들은 큰 수술을 받고, 배우자는 먼저 하늘나라로 간 상황에서 어머니는 자녀들을 키울 생각에 막막하셨을 것입니다. 그러나 제가 기억하는 어머니는 저희에게 어려운 상황을 내색하지 않으셨고, 부정적인 말을 하지 않으셨고, 저를 믿어주셨으며 묵묵히 기다려주셨습니다. 또한 어머니께서는 많은 사람의 도움으로 본인이 여기까지 올 수 있었다고 말씀하시며 아버지와 아들을 치료해주려 애썼던 분들에게 고마움을 보답하는 마음으로 시간이 될 때마다 자발적으로 공설 운동장 주변의 쓰레기를 치우셨습니다.

이런 어머니의 사랑 앞에서 저는 서서히 변화했습니다. 늘 작은 것에도 감사함을 표현하시고, 받은 사랑을 보답하고자 자신이 할 수 있는 것들을 실천하시는 어머니의 모습이 보이기 시작했습니다. 그 모습을 따라 저 역시도 불평불만이 담긴 말 대신 기쁨과 감사함을 표현하는 말을 사용하기 시작했고, 할 수 있는 것들을 해보자며 마음을 다잡았습니다.

사용하는 언어가 달라지니 세상을 바라보는 시선도 달라졌습니다. 누군가를 이기기보다는 어떻게 하면 내가 배운 지식으로 타인에게 도움을 줄 수 있을까 고민하게 되었고, 자연스레 몸이 아픈 사람들에게 눈이 갔으며, 간호사가 되어 실질적으로 타인을 돕는 삶을 살기를 꿈꾸게 되었습니다. 과거의 제 모습을 떠올려본다면 지금 제가 살아가는 모습은 기적에 가깝습니다. 이 기적과 같은 오늘을 살아갈 수 있는 것은 어머니 덕분입니다.

집으로 올라오기 전 꽃이 그려진 편지지에 글자를 꾹꾹 눌러 담아 어머니에게 드린 후 서울로 올라가는 기차에 몸을 실었습니다. 언제나 그렇듯 아들이 기차는 잘 탔는지, 서울에는 잘 도착했는지 확인하는 어머니의 연락을 받았습니다.

저는 그 연락에 또 삶을 살아갈 용기와 힘을 얻습니다.

　　　　현재를 살아가면서 수많은 고민을 하며 정신없이 지낼 때가 많습니다. 실력적으로 성장하고자 하는 마음, 인격이 더욱 성숙해지고 싶은 마음, 경제적인 문제를 해결하고자 하는 마음이 요즘의 제 고민입니다. 마음이 분주한 가운데, 한편으로는 제가 고민을 해결하는 것에 너무 매몰되어 사랑이 사라질까 봐 염려됩니다. 저는 마음의 중심을 지키며 어머니와 같은 품이 넓은 사람이 되고 싶습니다.

품이 넓은 사람 · 유세웅

엄마를 닮고 싶은 딸

김주이

 5월 가정의 달, 집에 가셔서 가족들을 만나고, 가족사진을 찍고, 조카들과 시간을 보내고 온 작가님의 글을 읽으며 저도 함께 힐링이 되었습니다. 저에게 가족은 제 곁에 있어 주는 것만으로도 의지가 되고 힘을 주는 존재입니다. 작가님의 가족이 작가님께도 그런 존재라는 것이 작가님의 글 속에서 느껴집니다.

 가족의 존재는 언제나 큰 힘이 되지만, 저는 아버지를 떠나보내며 가족의 힘을 더 많이 느꼈습니다. 우리가 함께 있기에 이 힘든 과정을 지혜롭게 극복해가고 있다는 것을 그 시기에 정말 많이 느꼈습니다. 함께 있는 것이 정말 큰 힘이 된다는 사실을 새삼 깨닫고 우리는 가능하면 모여서 살자고 다짐했습니다.

저희 가족은 모두 서울에 있어서 거리가 많이 멀지도 않았는데 더 가까이 모이기로 했습니다. 그 결과 저는 지금 어머니와 걸어서 3분 거리에 살고 있습니다. 어머니와 가까이 산다는 것이 저에게 정말 큰 행복을 줍니다. 아직도 저는 많은 부분을 어머니에게 의지하고 있습니다. 어머니는 매일 저희 집에 오십니다. 아이들을 돌봐주시고, 아직도 결혼한 딸의 집안일을 도와주십니다. 그리고 매일 딸의 이야기를 들어주십니다. 오늘 하루 있었던 일, 힘들거나 즐거웠던 일, 잘 해낸 일들, 아쉽고 부족했던 일들. 저는 모든 이야기를 어머니에게 털어놓습니다. 어머니는 저의 이야기를 묵묵히 들어주시고 저는 그 과정에서 늘 큰 힘을 얻습니다. "괜찮아, 주이야." "잘했어, 주이야." "주이야, 참 감사한 일이다." 어머니가 해주시는 공감과 지지, 응원과 격려가 늘 저를 한 발 더 나아가게 합니다.

'엄마처럼 살지 않을 거야.'

이 문장은 우리 세대의 많은 여성이 자라면서 다짐한 생각입니다. 저희 어머니도 그 시대의 평범한 가정주부셨어요. 저와 언니, 두 자녀를 양육하고 집안일을 하시며 엄마

엄마를 닮고 싶은 딸 · 김주이

의 위대한 역할을 평범하고 당연한 일처럼 해내며 사신 분이십니다. 그런 어머니의 딸인 저는 사실 마음 한편에 늘 '엄마처럼 살지 않겠다'라며 저의 미래를 어머니와 다르게 그리며 살아왔습니다.

'엄마처럼 살지는 않을 거야. 나는 내 일을 할 거야. 집안일만 하지는 않을 거야. 가정주부는 안 될 거야. 나의 자아실현을 할 거야. 큰 꿈을 가질 거야. 사회적으로 성공할 거야?'

시간이 지나 '엄마처럼 살지 않겠다'라고 생각했던 어린 제가 바라보던 어머니와 같은 나이가 되었습니다. 이 나이가 되니 그때 제가 몰랐던 것이 보이더군요. '엄마처럼 살지 않겠다'라고 말한 제가 어쩌면 어머니를 가장 '엄마'처럼 살게 만든 장본인이라는 사실이었습니다. 돌아보니 어머니의 도움 없이 저는 그 어떤 것도 해내지 못했을 것입니다.

어머니는 욕심이 없는 사람입니다. 하고 싶은 것도, 먹고 싶은 것도, 사고 싶은 것도 늘 없다고 하십니다. 무언가를 어머니가 먼저 하자고 하는 경우는 거의 없으며 당신의 것을 사달라고 요구하는 경우도 없고, 맛있는 것을 먹으러 가자는 경우도 없습니다. 어릴 적 꿈이 뭐였냐고 묻는 말에 어머니는 딱히 무언가를 대답하지 않으십니다. 그저 행복하게 가정을 꾸리고 아이들 잘 키우고 사는 삶, 그게 본인에게는 행복한 삶이라고 말씀하십니다.

어머니는 가정적입니다. 온 가족을 위해 자신의 모든 것을 포기하고 희생한다는 생각 대신 정말 가족이 제일 좋고 가족과 함께하는 것이 제일 편하다고 말씀하십니다. 그래서 자기 삶이 희생되고 있다는 것도 인지하지 못한 채 그것이 행복이라고 믿으며 사십니다. 어머니의 딸인 저는 늘 하고 싶은 것도, 먹고 싶은 것도, 사고 싶은 것도 많았습니다. 항상 먼저 무언가를 하자고 권했고, 좋은 것을 갖고 싶어 했고, 맛있는 것을 먹으러 다녔습니다.

그때 엄마는 최대한의 자신을 꿈꿀 힘이 있는 것처럼 보였다. 엄마가 될 수 있었던 어떤 자신, 그 무수한 가능성들이 다 아까워서 서글펐다.[*]

저는 분명 어머니와는 다른 삶을 살고 있습니다. 아내와 엄마라는 역할 이외에도 많은 역할을 가지고 살아가고 있습니다. 그런데 제가 가진 이 많은 역할을 감당하며 살

[*]   이슬아, 『나는 울 때마다 엄마 얼굴이 된다』, 문학동네, 2018, 212~213쪽.

엄마를 닮고 싶은 딸 · 김주이

아갈 수 있는 건 어머니의 덕이 가장 큽니다. 엄마, 아내, 그리고 사회에서 주어진 많은 역할을 맡으며 살다 보니 저에게 주어진 역할을 모두 다 잘 해내기가 쉽지 않습니다. 그 역할들을 해나가기 위해서는 때론 저만의 노력과 능력이 아니라 누군가의 희생과 도움이 필요하다는 것을 어머니를 통해 알게 되었습니다. 행복으로 가족을 돌봐주시는 어머니, 야위고 관절에 무리가 가도 손주들을 안아주고 싶어 하시는 어머니, 아직도 두 딸의 뒷바라지를 하시는 어머니 덕분에 저는 어머니와는 또 다른 삶을 살아갈 수 있었습니다.

어머니는 딱히 꿈이 없었다고 하셨지만, 어머니의 삶 속에 저의 어머니가 아닌 당신 자신으로서 무언가 될 수 있었던 수많은 가능성이 저의 어머니로 살면서 잊힌 것은 아닌지 가슴이 먹먹해집니다. 어쩌면 제가 엄마처럼 살지 않겠다고 다짐하고 자아실현을 해나가면 해나갈수록 저의 어머니는 더욱 '엄마'처럼 살 수밖에 없었을 것입니다.

오늘도 손주들을 보면서 정말 행복하다고 말씀하시는 어머니를 보면서 '엄마처럼 살지 않겠다'라고 말했던 것이 얼마나 교만한 생각이었는지 깨달았습니다. 저는 엄마처럼 살지 않은 것이 아니라, 엄마처럼 살지 못한 것입니다. 저는 저의 어머니와 같은 큰 자애와 희생, 넓은 그릇과 따스함이 부족해도 한참 부족합니다. 누구에게나 사랑을 한가득 주시는 한없이 넓고 따뜻한 어머니의 마음을 닮고 싶은 날입니다.

.

엄마를 닮고 싶은 딸 · 김주이

팀플레이

———

유세응

      교수님 그동안 잘 지내셨는지요? 오랜만에 편지를 씁니다. 그동안 출장 업무가 많아서 정신이 없었습니다. 정신을 차려보니 5월도 얼마 남지 않았네요. 5월에 있었던 일 중에 가장 기억에 남는 일은 손흥민 선수가 영국의 프리미어리그에서 득점왕을 차지했다는 소식입니다. 고등학생 때는 한창 박지성 선수가 맨체스터 유나이티드에서 활약하고 있었을 때라 경기를 곧잘 챙겨보곤 했었는데 요즘은 손흥민 선수가 그 자리를 대체했습니다.

      손흥민 선수가 속한 토트넘 홋스퍼의 2021~2022 시즌 마지막 경기는 노리치 시티와의 경기였습니다. 득점 선두를 달리고 있는 리버풀의 모하메드 살라 선수와는 1골 차이였습니다. 전반전을 마쳤을 때, 토트넘 홋스퍼가 2:0으로 이기고 있었지만 아쉽게도 손흥민 선수는 골을 넣지 못했습니다. 후반전까지 보고 싶었지만 다음 날 출근을 해야 했기에 눈을 붙였습니다.

　　　　30분쯤 지났을 무렵, 사람들의 목소리가 들려서 눈을 떴습니다. 알고 보니 손흥민 선수가 극적인 골을 넣어서 집 주변 가게에서 경기를 시청하던 사람들이 손흥민 선수를 응원하는 소리였습니다. 잠이 깨서 몽롱했지만 상황 파악을 한 뒤 저도 기뻐서 경기를 찾아봤습니다. 그로부터 5분 뒤 손흥민 선수는 환상적인 감아차기로 추가 골을 넣었습니다. 골을 넣은 손흥민 선수 곁으로 달려와서 진심으로 축하해주는 동료들의 모습을 보니 정말 멋지고 아름다웠습니다. 경기가 끝난 뒤, 손흥민 선수와 모하메드 살라 선수는 공동 득점왕이 되었습니다. 세계 최고의 축구 리그에서 페널티킥 골 득점 없이 필드 골로만 이루어낸 성취라서 득점왕의 의미는 더욱 값지게 다가왔습니다.

　　　　경기를 되돌아보며 기억나는 장면들이 있습니다. 손흥민 선수의 득점을 도우려고 동료들이 모두 한 마음으로 득점 기회를 만들어내던 모습, 손흥민 선수가 골을 넣자 마치 자기 일인 듯 함께 기뻐하고 환호하던 모습, 팀의 승리를 기뻐하며 동료들의 도움을 언급하는 손흥민 선수의 인터뷰까지. 토트넘 홋스퍼 팀 선수들의 모습은 교과서에 실어도 될 정도로 경이로운 팀플레이를 보여주었습니다.

제가 일하고 있는 병원 현장에서도 팀플레이가 이루어지고 있다는 생각이 듭니다. 중환자실 간호사로 일할 땐 나 혼자 잘한다고 해서 환자를 잘 돌볼 수 없음을 깨달은 적이 많았습니다. 대표적으로 욕창이 생기는 것을 방지하기 위해서 환자의 체위 변경을 해야 하는 상황, 심폐소생술을 해야 하는 응급한 상황이 그랬습니다. 환자 한 명을 살리기 위해서 수많은 인력과 의료진의 경험이 필요하고 또 중요하다는 사실을 직접 부딪치면서 배웠습니다.

장기이식 코디네이터로 일하며 예전보다 시야가 넓어졌습니다. 환자가 병원에 입원한 순간부터 수술받고, 상태가 호전되어 퇴원하고, 외래 진료를 보러 오는 모습까지 볼 수 있는 지금은 한 사람을 치료하기 위한 과정에 얼마나 많은 사람의 헌신과 마음이 깃들어 있는지 더 크게 와닿습니다. 상태가 호전되고 일상을 누리는 환자분들이 퇴원하고 외래에 오셔서 저를 만날 때는 선생님 덕분이라며 감사하다는 말을 전해주시지만, 자리를 지키며 환자분들을 잘 치료해주시고 돌봐주시는 의사 선생님, 간호사 선생님 들이 계시지 않았더라면 불가능한 일이기에 그분들을 기억해달라는 말을 건넵니다.

환자분이 수술받고 퇴원하기까지 수술 전 간호와 퇴원 전 간호를 담당하시는 병동 선생님들, 수술을 담당해주시는 수술실과 마취과 선생님들, 수술 후 간호를 제공해주시는 중환자실 선생님들, 환자분이 건강한 일상을 누리시도록 돌봐주시는 외래 간호사 선생님들까지. 일일이 다 열거할 수는 없지만, 현장을 지키고 있는 선생님들끼리 팀플레이가 이루어지고 있기에 환자의 상태 회복이라는 목표를 함께 이룰 수 있는 게 아닐까 생각합니다.

현장에서 팀플레이를 잘하기 위해서 제가 유지하고 있는 마음가짐이 있습니다. 첫 번째는 '당연한 것은 없다'입니다. 내가 바쁠 때 동료가 와서 도와주는 것은 당연한 일이 아닙니다. 동료도 해야 할 일이 있지만, 시간을 내어 도와주러 온 것입니다. 그렇기에 받은 도움을 늘 감사하게 여기며 나 역시도 동료가 바쁘면 내가 할 일이 있더라도 도우러 갑니다.

두 번째는 '상대방 존중하기'입니다. 사람마다 가치관이 다르고 중요하다고 여기는 우선순위가 다릅니다. 환자를 돌볼 때도 정서적 측면과 전신 상태 관리를 중요하게 여기는 간호사가 있고, 객관적 사실과 근거에 따라 문제 해결을 중요하게 여기는 간호사가 있습니다. 두 경우 모두 '환자를 잘 돌보고 싶다'라는 마음은 동일하기에 어느 것이 틀렸다고 할 수 없습니다. 생각이 다른 동료와 함께 일하다 보면 내가 미처 생각지 못한 부분까지도 섬세하게 챙기는 모습을 보며 많이 배우게 됩니다. 그런 동료의 장점을 내 것으로 만들려고 노력하면서 저 역시도 점차 성장합니다.

마지막은 '긍정적인 말하기'입니다. 어떤 일을 처리해야 하는 상황에서 한 사람은 불평불만을 이야기하면서 일하고, 다른 한 사람은 충분히 할 수 있다는 마음가짐으로 일을 한다고 가정해봅시다. 과연 누구와 함께 일하고 싶을까요? 당연히 후자겠죠. 긍정적인 사고방식과 긍정적인 언어를 사용하는 사람이 주는 에너지에는 힘이 있습니다. 아무리 일이 많고 힘든 근무를 했을지라도 누구와 함께 일을 했는지에 따라서 고생이 아니라 추억으로 남을 수 있다는 것을 병원에서 많이 배웠습니다. 저 역시도 누군가에게 긍정적인 에너지를 주는 사람이 될 수 있기를 바랍니다.

사회가 개인주의화 되어가면서 도움을 주는 것도, 받는 것도 어색해지고 있습니다. 팀을 이뤄서 무언가를 이루기보다는 다른 사람의 간섭을 받지 않고 독립적으로 일하고 싶은 사람들이 많아졌습니다. 그러나 빨리 가려면 혼자 가고, 멀리 가려면 함께 가라는 말이 있듯이 무언가를 이루고, 다음 단계로 나아가기 위해서는 팀플레이를 잘해야 한다고 생각합니다. 팀플레이를 잘 하기 위해 개인의 실력도 키우면서 함께 일하고 싶은 팀원이 될 수 있도록 하루하루 성실히 살아보겠습니다.

우리는 좋은 팀

———

김주이

      작가님의 편지를 읽으며 그동안 제가 속했던 많은 좋은 팀이 생각났습니다. 힘든 임상 환경에서 제게 즐거움을 주었던 선배, 후배, 동료, 저를 이끌어주시던 멘토님 들. 그 좋은 팀이 없었다면 저는 즐겁게 직장 생활을 할 수 없었을 거예요.

      좋은 팀들을 돌아보다가 문득 '우리'라는 팀에 대해서 생각해보았습니다. 바로 작가님과 저요. 저는 어린 시절부터 글쓰기를 좋아해서 늘 어딘가에 끄적이듯이 글을 써왔습니다. 저의 글들은 소박한 에세이, 일기, 생각 정리의 글들이었고 딱히 목적이 있는 글이라기보단 저를 돌아보기 위한 글이었죠. 대단히 글재주가 뛰어난 사람도 아니었고, 스스로 보기에 완성도 높은 글을 쓰는 것도 아니었는데, 감사하게도 제 글을 읽고 즐거움을 느끼는 몇몇 지인들이 있었어요.

그들 덕분에 용기를 내어 꾸준히 글쓰기를 해보자고 다짐했습니다. 그 다짐을 실천에 옮기고자 여러 가지 글쓰기 플랫폼들을 찾아보았어요. 그 플랫폼들을 살펴보면서 '마음만 먹으면 무엇이든 할 수 있는 세상이구나'라는 생각이 들었습니다. 제가 신나게 글을 써서 올리면 누군가가 그 글을 읽으며 힘을 얻기도 하고 공감하기도 하니까요. 모르는 사람들이 제 글을 읽고 공감한다는 것 자체가 참 신기했습니다. 그 공감의 힘이 더 큰 좋은 기운을 만든다는 것을 느꼈습니다. 그렇게 저는 꾸준하게 글을 올렸고, 한 플랫폼에서 작가님을 만났습니다.

어느 날 작가님이 제 글을 읽고 감사하다는 댓글을 남겨주셨지요. 저는 글을 쓰면서 작가님을 포함해 참 많은 좋은 분을 만났습니다. 글을 쓰고 읽고 공감하는 것은 가치와 성향이 비슷한 사람들이 서로에게 위로와 지지를 주는 행위더라고요. 저도 작가님의 글을 읽으며 참 많은 위로를 받았습니다.

'간호학'이라는 학문을 선택하고 그 학문의 길을

걸어온 지 20년이 되었습니다. 그 어떤 길도 늘 꽃길인 곳은 없을 것입니다. 저에게 간호학도 그랬습니다. 가끔은 진흙탕 길, 가끔은 뜨거운 아스팔트 길 그리고 가끔은 정말 아름다운 꽃길. 참 많은 길을 만났습니다. 이 길을 선택한 것을 후회한 적은 없는데, 의심한 적은 많았습니다.

'내가 잘하고 있나? 내가 앞으로도 이 학문을 잘할 수 있을까?'

누군가가 저에게 다음 길은 어떻다고 이야기해주면 좋겠다는 생각을 한 적이 있습니다. 다음 길은 힘들 거야 혹은 다음 길은 좀 수월할 거야, 이렇게요. 걷다 보니 알게 되었습니다. 그런 답은 없다는 것을요. 그렇지만 그 길을 걸을 때 가끔 손을 잡아주거나 그 길을 조금 더 현명하게 헤쳐나가는 방법을 알려줄 수 있는 사람이 있다면 그 길이 힘들지만은 않다는 것을, 저는 저의 삶 속에서 느꼈습니다. 그리고 저 역시 다른 누군가에게 그런 사람이 될 수 있다면 기쁘겠다고 생각했습니다. 부족한 제가 시행착오를 겪으며 걸어온 그 길이 앞으로 이 곳에 들어오고자 하는 누군가에게 위로가 되기를 바랐습니다.

그런 마음으로 작가님께 연락했습니다. 임상에서 근무하면서 꾸준히 글을 쓰시는 작가님을 보면서 저와 같은 마음으로 함께 글을 써주실 적임자라고 생각했습니다. 우리는 단 한 번도 만난 적이 없으며, 서로를 모르고, 글과 간호학 이외에는 공통점이 없었습니다. 그럼에도 작가님은 이 프로젝트에서 저에게 최고의 동료가 되어주실 것이라고 생각했습니다. 그리고 작가님은 정말로 저에게 그런 동료가 되어주셨습니다.

저는 작가님과의 첫 만남에서 글쓰기가 주는 긍정적인 힘을 다시 한번 더 강하게 믿게 되었습니다. 우리는 서로 전혀 모르는 사이였지만 소통이 잘 되었고, 최선의 결과를 내고자 매번 좋은 아이디어를 주고받았고, 서로가 서로에게 보내는 의견에 늘 감동했고, 이 모든 과정에 불편함이 전혀 없었습니다. 서로 비슷한 가치로 글을 쓰는 누군가를 알아보고, 서로의 글을 좋다며 격려하고 지지했던 그 한 번의 댓글이 우리를 여기까지 함께하도록 이끌었습니다.

제가 다른 업무들로 답신이 늦어지는 날이면 작가님은 묵묵히 기다려주시며 힘을 주셨고, 작가님께서 바쁜 날에는 저 역시 작가님을 위해 기도하며 편지를 기다렸습니다. 우리는 그렇게 서로를 끌어주고 밀어주면서 여러 편의 편지를 주고받았습니다. 오늘 문득 우리가 써온 편지들을 돌아보며 마음이 따뜻해졌습니다. 한 권의 책을 내고자 하는 명확한 목표를 가지고 시작한 글쓰기이지만, 결국 이번 글쓰기에서 가

우리는 좋은 팀 · 김주이

장 큰 힘을 얻은 것은 저 자신이었습니다.

저는 많은 부분이 부족한데, 부족함에 비해 좋은 결과들을 만들어냈습니다. 그 비결은 함께 일할 좋은 동료를 알아보고 그 동료와 함께하고자 저 역시 노력하는 데 있다고 생각합니다. 좋은 팀은 그렇게 만들어지는 게 아닌가 싶습니다. 적극적으로 손을 내밀고 그 손을 잡고 서로 밀어주고 끌어주고 지지해주면서 한 사람의 부족한 부분을 다른 사람이 채우면서 나아가는 것이라고요.

우리가 목표한 글까지 얼마 남지 않았네요.
앞으로도 저를 잘 끌어주세요.

때 묻지 않은 순수함

────

유세웅

      저 또한 편지를 주고받으며 교수님께 위로와 힘을 얻은 순간이 많습니다. 믿어주시고 기다려주시는 든든함이 제게 큰 안정감을 줍니다. 우리는 좋은 팀이라고 확신합니다.

      제가 답장이 많이 늦었지요? 6월이 되어 바쁘게 지냈습니다. 교수님께서도 마침 기말고사 시즌이라 바쁘게 지내실 모습이 그려집니다. 학생들도 과제 하랴, 시험공부 하랴, 취업 준비하랴 바쁘게 지낼 모습이 눈에 선합니다. 저는 6월에 다른 사람들 앞에 두 번 섰습니다. 첫 번째는 심장이식을 받은 소아를 치료하고 돌보는 의료진들을 대상으로 발표를 했고, 두 번째는 진로를 고민하는 고등학생들을 대상으로 강연을 했습니다.

어느 날 소아심장과 교수님으로부터 연락을 받았습니다. 최근 심장이식을 받은 소아 환자가 늘어나면서, 외래나 병동에서는 심장이식을 받은 환자들을 어떻게 간호하고 교육 및 안내를 해야 할지 문의가 있었다고 합니다. 교수님께서 이 이야기를 들으시고 저를 떠올렸고, 의료진을 대상으로 심장이식을 받은 환자가 퇴원할 때 의료진들이 환자를 어떻게 교육하고 무엇을 챙겨야 하는지에 대해 발표를 해줄 수 있는지 제안해주셨습니다. 저는 흔쾌히 수락했습니다. 시간이 생길 때마다 틈틈이 발표 자료를 만들었고 대망의 발표일이 다가왔습니다.

강연이 진행될 회의실로 발걸음을 옮겼고, 회의실 앞에는 오늘 발표의 주제와 발표자에 대한 공지가 붙어 있었습니다. 발표자로 적힌 제 이름을 보니 신기하기도 하고 긴장감이 몰려오기도 했습니다. 문을 열고 들어가니 소아심장과 교수님께서 자리에 계셨고, 교수님과 도시락을 먹으며 이야기를 나누었습니다. 그러던 중에 회의실 문이 열리며 강연에 참석하는 분들이 한 분, 한 분, 들어오셨는데 각 병동의 파트장님, 레지던트 선생님, 외래 및 병동 간호사 선생님 등이었습니다. 저는 5~10명 정도 소소하게 모여서 발표하는 자리인 줄 알았는데 생각보다 많은 분이 관심을 가지고 오셨습니다. 감사한 마음이 드는 한편으로는 떨렸습니다. 자리에 앉는 분들이 많아지면서 제 심박수도 덩달아 빨라졌습니다.

시간이 되어 발표를 시작했습니다. 퇴원하는 환자들을 대상으로 자주 했던 교육이었지만, 막상 많은 사람 앞에서 발표하려니 긴장되고 목소리가 커졌습니다. 다수의 사람 앞에서 떨지 않고 말하고 싶은 내용을 간결하고 명확하게 발표하는 건 어려운 일이었습니다. 발표하면서 좀 버벅대기도 하고 미숙한 부분이 많았지만, 어느덧 발표는 끝이 났습니다.

발표 후 피드백을 받는데 준비 과정에 미처 생각을 못해서 다루지 못한 부분도 있었고, 내용이 유익했다는 평도 있었습니다. 그 과정을 통해 잘했던 점과 채워나가야 할 점을 알게 되었고, 나 자신이 성장했음을 느끼기도 했습니다. 처음 병원에 들어왔을 때는 모르는 것들이 너무 많아서 배우기에 급급했었는데, 이제는 다른 사람들 앞에서 내가 알고 있는 지식을 나눌 수 있게 되어 감사하고 기뻤습니다.

두 번째 강연은 우연한 계기로 하게 되었습니다. 저는 인스타그램을 통해 제 일상을 공유하곤 하는데요. 간호사로 일하면서 생긴 에피소드나 느낀 감정들을 종종 올립니다. 교수님께 앞서 여러 번 말씀드렸듯이, 저는 현장에서 간호사 선생님들이 열심히 일하시고 환자분들을 돌봐주시는 것이 자랑스럽습니다. 그리고 간호사가 건강한 환경에서 근무할 수 있어야 돌봄을 받는 환자분들께서도 건강한 간호를 받을 수 있다고 믿기에 간호사가 어떤 환경에서 근무하는지, 무슨 일을 하고 있는지, 그리고 얼마나 멋진 역할을 하는지 알리고 싶은 마음이 큽니다.

그날도 일하며 느낀 감정을 인스타그램에 올린 날이었는데 DM이 도착했다는 알람이 보였습니다. 쑥스럽지만 제 팬이라고 밝혀주신 인천의 한 고등학교 선생님께서는 예전부터 제 계정을 팔로우하여 올라오는 소식들을 보고 있었고, 제가 쓴 책도 감명 깊게 읽었다고 말씀해주셨습니다. 그래서 혹시 가능하면 자신이 담당하는 동아리 학생들을 대상으로 간호사로서의 마인드와 현장에서 겪는 다양한 이야기들을 나눠줄 수 있을지 제안해주셨습니다. 간호사 신분으로 고등학교에 가서 강연을 해본 적이 없기 때문에 다음 날 부서장님께 여쭤보고 가능 여부를 알려드리겠다고 답변했습니다.

부서장님께서는 흔쾌히 허락하셨습니다. 장기이식 코디네이터의 직무 중에는 장기기증을 홍보하는 일이 있으니 간호사 이야기와 더불어 장기기증에 대해서도 잘 알리고 오라고 격려도 해주셨습니다. 이 기쁜 소식을 선생님께도 전했는데 학생들에게도 정말 귀한 시간이 될 것 같다며 감사함을 표현하셨습니다. 이후, 강연을 준비하며 학생들에게 어떤 이야기를 들려주면 좋을지 고민하는 시간은 즐거웠습니다.

그저께는 기다리던 강연을 하는 날이었습니다. 오전 근무를 마치고 고등학교로 발걸음을 옮겼습니다. 날씨가 덥고, 지하철은 사람들로 붐볐지만 기대되고 설레는 마음으로 갔습니다. 강연 시간보다 조금 일찍 도착하여 고등학교 선생님을 만났고, 대화를 나눈 시간은 짧았지만 학생들을 많이 사랑하시는 분이라는 것이 느껴졌습니다. 선생님 곁에서 함께 시간을 보내는 학생들도 아마 똑같은 감정을 느끼지 않을까 싶었습니다. 시간이 되자 강연 장소로 학생들이 모였습니다. '임상간호사 이야기 그리고 생명 나눔'이라는 주제로 강연을 시작했습니다.

고등학생 시절의 성적과 진로 고민, 그리고 아직 가보지 못한 길에 대한 두려움이 많았을 때 직접 부딪혀보며 정답을 찾아가던 과정이 어떠했는지에 대한 경험을 나눴습니다. 삶에서 크고 굵직한 고난을 마주쳤지만, 간호사로 일하면서 힘들었던 과거의 시간을 도리어 환자분께 위로를 전할 수 있는 훌륭한 도구로 활용했던 경험을 공유했습니다. 그리고 지금 이 순간에도 삶의 끝에서 장기기증을 통한 생명 나눔이라는 숭고한 뜻을 실천하시는 기증자들이 있음을 알리면서, 우리 사회구성원들이 기증자와 남아 있는 가족들의 큰 뜻과 사랑을 기억하고 지속해서 관심을 가져야 한다는 취지의 말도 전했습니다.

강연이 끝난 후 학생들로부터 피드백을 받았습니다. 감동했다, 위로를 받았다, 꿈을 향해 도전해보기로 했다 등등. 때 묻지 않은 그 마음이 너무 소중하고 아름다웠습니다. 이제 일상으로 돌아가면 다시 각자의 삶에 집중해서 살아가겠지만, 강연 때 함께했던 시간이 언젠가 불현듯 떠오르면서 서로에게 힘이 되어주면 좋겠다고 생각했습니다.

집으로 돌아오는 길에 나는 왜 이 일을 하고 있는가에 대해 생각해보았습니다. 생계 측면에서 직업의 의미도 중요하지만, 간호사의 본질은 인간을 사랑하고, 돌봄으로 실천하는 일입니다. 그래서 앞으로도 환자들을 대할 때 질병이 아닌 한 인격으로 돌보는 삶을 치열하게 살아내기로 다짐했습니다. 힘든 날도 있겠지만 처음 간호사가 되고자 결심했던, 때 묻지 않은 순수함을 잘 간직하면서 즐겁게 일을 할 수 있으면 좋겠습니다. 강연하러 갔지만, 학생들을 보면서 오히려 더 많은 것을 배우고 얻은 날이었습니다.

강점에 집중하기

김주이

　　작가님, 최근 바쁜 일정을 소화하시는 것 같았습니다. 강의라는 새로운 분야에 도전하시고, 그 도전을 잘 해내신 이야기를 들려주셔서 감사합니다. 나중에 언젠가 듣게 될지도 모를 작가님의 강의가 기대되네요.

　　작가님께서 바쁜 일정을 소화하고 계신 동안 저는 한 학기를 마무리하고 있었습니다. 비대면에서 다시 대면으로, 조금씩 일상이 회복되는 과정에서 학교도 이전의 모습으로 돌아가고 있습니다. 학교에 학생들이 북적이는 날들이 전보다 많아졌습니다. 교정이 활기찬 모습을 되찾아가고 있습니다. 이전으로 돌아가는 이 모든 과정이 감사한 하루입니다.

　　며칠 전 저는 같은 병원, 같은 병동에서 함께 사회

생활을 시작했던 입사 동기를 만났습니다. 부족하고 미흡했던 시기에 만나 서로를 위로하고 힘을 주며 든든한 버팀목이 되어주었던 우리는 코로나19로 몇 년 동안 연락만 주고받다가 정말 오랜만에 한자리에 모였습니다. 저희는 같은 직장, 같은 부서에서 일을 시작했지만, 지금은 모두 다른 곳에서 각자에게 어울리는 일을 하며 살아가고 있습니다.

15년 전, 서로를 처음 만났을 때는 지금의 모습을 상상하지 못했습니다. 입사 동기 6명의 색깔은 모두 달랐습니다. 각자의 강점도 모두 다르지요. 한때 우리는 서로를 바라보며 자신이 가지지 못한 것들을 부러워하기도 했습니다. 그러나 어느 순간부터 자신의 강점에 집중하기 시작했습니다. '그래, 나는 이걸 잘하니까. 나는 이런 성향이니까.' 그렇게 시간이 지난 지금, 모두 자신에게 잘 맞는 길을 찾았다고 생각합니다. 같은 곳에서 만나 같은 일을 배우며 성장했지만, 지금 우리는 각자의 역량으로 새로운 곳에서 제 몫을 해내고 있습니다.

동기들을 만나고 돌아오며 '자신의 길을 찾기 위해 집중해야 하는 것은 무엇일까?'에 대해 생각해보았는데요. 자신의 강점을 찾아 그 강점에 집중하는 것이 그 답이라는 저만의 결론을 내려보았습니다. 사람은 누구나 약점을 가지고 있습니다. 약점을 보완하면 좋겠지만 그것은 생각보다 쉽지 않습니다. 그렇다면 자신의 부족한 부분을 깨닫고, 겸허하게 받아들이며 그것을 더 잘하는 누군가에게 도움을 받으면서 보완하면 됩니다. 반대로 나도 내 강점을 살려 부족한 누군가를 도우며 함께 나아가면 됩니다.

사람은 누구나 완벽할 수 없습니다. 우리는 모두 다양하게 만들어졌기에 사회 안에서 상호보완하면서 나아가고, 서로 도우며 살아가게 되어 있습니다. 그렇기에 우리는 자신의 약점에 좌절하기보다는 강점에 집중하여 그것을 강화해 나가면 됩니다. 내가 즐겁게 일하려면 나의 강점을 최대한 활용할 수 있는 곳에 소속되면 됩니다. 한곳에서 출발한 우리들이 각자의 강점을 발휘할 수 있는 곳에 소속되어 있는 모습을 보면서 다시금 저의 강점을 돌아보게 되었습니다.

'그래. 내가 잘할 수 있는 것을 더 잘해보자.'

블로그에 처음 글을 쓰기 시작했을 때, 진담 반 농담 반으로 남편에게 제가 누군가처럼 파워 블로거가 될 수 있을 것 같냐고 물었습니다. 그랬더니 남편은 제가 검색이 잘 되게 글을 올리는 편도 아니고, 예쁘게 편집하는 편도 아니라 쉽지 않을 것이라고 답했습니다. 저 역시 전적으로 공감하는 부분이었고 파워 블로거들의 세련됨을 제가 따라가기는 어렵다고 생각했습니다. 그때 남편이 저에게 그나마 제가 이웃을 늘릴 수 있는 비결이 하나 있다고 말해주더군요. 그게 뭐냐고 묻자, 남편은 이렇게 대답했습니다.

"그냥 꾸준히 계속 블로그를 쓰는 거야. 꾸준함을 이길 수 있는 건 없는 것 같아. 주이는 그건 참 잘하잖아. 꾸준히 하는 것."

작가님, 저는 꾸준히 하는 것을 참 잘합니다.

20살, 간호학과를 선택하고 학사, 석사, 박사를 졸업하며 지속해서 간호학을 공부하고 있습니다. 그렇게 간호학을 공부한 지 20년이 되었습니다. 저의 강점을 살려 조금은 부족하더라도 이 길에서 꾸준히 정진하며 성장해보겠습니다.

탁월함

———

유세웅

안주하고 싶은 마음을 뛰어넘어 계속 도전하고, 실력과 견문을 넓혀가는 교수님의 모습에 건강한 자극을 받습니다. 그리고 꾸준함이라는 강점을 무기 삼아 보란 듯이 성장할 교수님의 모습이 기대됩니다.

저는 최근에 또 다른 도전을 했습니다. 한 달 전쯤, 대한심폐소생협회에서 한국전문소생술 교육과정이 개설되었는데, 응급실 혹은 중환자실 경력이 있는 분들을 대상으로 교육을 진행할 예정이라는 메일을 받았습니다. 현재는 중환자실을 떠난 상태지만, 원래부터 심폐소생술 관련 교육에 관심이 많았고 꾸준히 참여했기에 덜컥 신청했습니다. 감사하게도 교육생으로 선정되고 교육 일정이 정해졌습니다.

교육 전에 예비시험Pre-test을 풀어보니 그동안 놓치고 있었던 것을 확인할 수 있었습니다. 평소에 이론으로 알고 있더라도 응급 상황이 닥쳤을 때 아는 것을 침착하게 해낼 수 있는 건 다릅니다. 계속 연습하고 실전 경험이 쌓여야 비로소 제대로 대처할 수 있습니다. 교육 장소에는 다양한 직종의 사람들이 있었습니다. 응급실, 중환자실, 심폐소생술 교육팀 등 다양한 현장에서 일하고 계신 의사, 간호사, 응급구조사 선생님 들을 만날 수 있었습니다. 어느 전공의 선생님께서는 휴가의 첫 시작을 교육으로 시작하게 되셨다고 했는데 환자를 더 잘 살리기 위해서 노력하시는 모습이 인상 깊었습니다.

처음에는 이론 수업을 듣고 조를 나누어 실습을 시작했습니다. 유독 눈에 들어오는 분이 계셨는데, 정돈된 언어로 침착하게 상황을 풀어내는 간호사 선생님이셨습니다. 마치 오디션 프로그램에서 첫 소절만 불렀는데도 심사위원들의 눈빛이 달라지며 집중하게 만드는 참가자를 보는 느낌이었습니다. 실력 있는 사람들은 굳이 자신을 드러내지 않아도 존재감이 드러납니다. 이야기를 나누어봤더니 한 대학병원에서 심폐소생술 교육을 전담으로 맡아서 일하고 계신 선생님이셨습니다. 자신은 항상 누군가를 교육하는 입장인데, 더 잘 교육하기 위해서는 한 번씩 교육생의 입장이 되어보는 경험이 필요해서 참여하셨다고 했습니다.

그분과 대화를 하면서 자신이 맡은 일을 책임감 있게 해내는 것은 물론 계속 발전하기 위해 고민하고 실천하시는 모습이 멋지다고 생각했습니다. 열정을 가진 사람과 함께 교육받을 수 있었던 시간은 행복했고 긍정적인 자극을 주었습니다. 그날 교육을 받았던 모든 선생님은 필기시험과 실습 시험을 모두 통과하여 한국전문소생술 자격을 획득하게 되었습니다.

집으로 돌아오는 길에 제가 자극을 받았던 부분에 대해 생각해보았습니다. 한 단어로 요약하자면 '탁월함'입니다. 같은 일을 해도 보통의 수준으로 일 처리를 하는 사람이 있고, 탁월하게 일 처리를 하는 사람들이 있습니다.

탁월함을 가지고 있는 사람의 특징에는 흥미, 아이디어, 실천, 반복이 있다고 생각합니다. 기존의 관성대로 일하면서 변화를 싫어하는 경우 당장 눈앞의 일을 해치우는 데는 지장이 없을 수 있겠으나, 금세 일에 질리고 안주하는 경향이 있습니다. 반면, 탁월함을 추구하는 경우 계속 고민하고 실천하는 과정 중에 자신의 역량도 기르고 함께 일하는 주변 사람들에게도 긍정적인 영향을 줄 수 있게 됩니다.

탁월함 · 유세웅

저는 사람을 살리는 교육을 들으러 갔다가, 다른 의미로 주변에 선한 영향력을 끼치며 사람을 살리는 멋진 분을 뵙게 되었습니다. 반복적인 일상에 파묻혀 무언가 시도하고 도전하기보다는, 안주하고 싶다는 생각이 들 때가 있는데 그럴 때마다 자신이 맡은 일을 조금 더 잘해보려고 공부하고, 실천하는 간호사 선생님의 모습을 떠올리며 마음을 다잡아야겠습니다.

제가 탁월해지고 싶은 부분은 제가 일하고 있는 분야에서 전문성을 키우는 일과 사람을 진정으로 위로하는 일입니다. 실력을 키우는 일은 저를 위해서도 필요하지만, 환자와 보호자에게 신뢰와 안정감을 드릴 수 있다는 점에서 동기부여가 됩니다. 환자와 보호자 입장에서 의료진으로부터 심장이식이라는 단어를 들었을 때 생소하기도 하고 무섭기도 할 텐데, 실력 있는 의료진이 곁에서 최선을 다하고 있다는 사실이 주는 위로가 분명히 있을 것입니다.

저는 최근 전문성을 키우기 위해 학회에 초록을 제출해보는 도전을 했습니다. 회진을 마친 후 한 교수님께서 하신 말씀이 계기가 되었습니다.

"심장이식을 받은 환자 중에서 코로나 백신을 접

종한 사람과 접종하지 않은 사람들의 예후와 연관성을 한번 알아보면 어떨까요?"

당시 코로나19가 유행하면서 심장이식 환자 입장에서는 계속 백신 접종을 해야 하는지, 혹시 부작용이 생기면 어떻게 대처해야 하는지 궁금한 상황이었습니다. 그러나 국내에서 이식 환자, 특히 심장이식을 받은 환자분들을 대상으로 코로나 백신 접종의 유무에 따른 예후를 비교한 연구는 거의 없는 실정이었습니다. 만약 알아보는 과정 중 유의미한 결과가 도출된다면 환자분들에게도 유용한 정보를 드릴 수 있겠다고 생각했습니다. 하지만 초록을 써본 경험이 없는 저로서는 도무지 어떻게 진행해야 할지 감이 잡히지 않았습니다.

일단 써보라는 교수님의 말씀에 관련 논문을 찾아봤습니다. 빼곡한 영어와 각종 숫자, 비율을 나타내는 자료들이 낯설게 느껴졌습니다. 머리가 아팠지만, 여러 편의 논문을 찾아보니 설문지를 만들 때 무엇을 고려해야 할지 알 수 있었습니다. 그것을 토대로 성별, 나이, 백신 접종 여부, 확진 시기, 증상 등을 묻는 설문지를 만들어 교수님께 보여드렸습니다. 몇 가지를 수정하면 되겠다는 피드백을 받고 설문하는 단계로 넘어갔습니다.

설문조사에는 굉장히 긴 시간이 걸렸습니다. 대상

자가 한두 명이면 모르겠는데 병원에서 심장이식을 받은 전체 환자를 대상으로 진행하려다 보니 장난이 아니었습니다. 환자분들께 연락을 드려 설문조사의 이유를 설명하고, 연구 목적 외에는 어디에도 개인정보를 사용하지 않을 것임을 말씀드리면서 자료를 수집하기도 했고, 환자분들이 병원에 진료를 보러 오시는 날이면 직접 찾아가서 설명 후 동의를 구하고 자료를 수집했습니다. 그렇게 설문조사를 완료했습니다.

취합한 자료를 토대로 통계를 돌려보고, 글을 수정하면서 점점 초록은 완성되어갔습니다. 교수님께 피드백을 받을 때마다 역량의 한계를 많이 느꼈습니다. 자료를 분석하는 방법과 통계에 대한 지식이 부족함을 여실히 깨달았기 때문입니다. 그러나 포기하지 않고 계속 시도했고 결국 계획했던 추계 심부전학회에 초록을 제출할 수 있었습니다.

얼마 전 친구와 사람을 진정으로 위로하는 일에 관한 이야기를 했습니다. 요즘 사람들의 내면 건강에 대한 생각을 나누었는데요. 속상한 이야기지만, 우리나라는 OECD 국가 중 자살률이 가장 높고, 개개인이 느끼는 우울감과 무기력함, 불안의 정도가 상당합니다. 방송을 통해 최근 공황장애를 앓고 있는 사람들의 수가 부쩍 많아진 것을 접하게 된 일도 비슷한 맥락이라고 생각합니다.

병원에서 만나는 환자와 보호자의 마음도 착잡하고 혼란스럽고 우울한 경우가 많습니다. 몸이 아프고 힘든 시간을 보내고 있으니 당연한 이야기겠지요. 근무 중 시간을 내어 환자 및 보호자와 이야기를 나누다 보면 말문이 막힐 때가 있습니다. 더 이상 사람의 힘으로 할 수 있는 일이 없고 기다리는 것밖에 방법이 없을 때가 주로 그렇습니다. 도와주고 싶은 마음도 있고 무언가를 해주고 싶은데 그럴 수 없는 상황일 때 저도 자주 무기력함을 느낍니다. 경청과 정서적 지지도 전혀 힘이 되지 않는 경험도 자주 합니다.

어쩌면 자꾸 뭘 해보려고 하는 것이 제 욕심이 아닌가 생각합니다. 이처럼 사람을 진정으로 위로하는 일을 잘 해내는 것은 상당히 어려운 일이며, 매일의 숙제입니다. 그럼에도 저는 계속 고민하고 실천해볼 계획입니다. 비록 시간이 흘러가는 것에 비해 건네는 위로가 아직 서툴지라도, 슬픈 일에 함께 슬퍼하고 기쁜 일에 함께 기뻐하는 시간이 쌓인다면 어느새 탁월한 위로를 건네는 삶을 살고 있지 않을까요?

탁월함 • 유세웅

꾸준히 성장하고 있었다는 것

———
김주이

작가님, 추석은 잘 보내셨는지요? 9월 중순에 접어들었는데도 날씨가 아직 꽤 덥네요. 진행하고 있는 논문 작성이 잘 풀리지 않아 시간을 쏟던 중에 작가님의 편지를 읽으니 컴퓨터 화면에 띄워진 논문과 작가님의 편지가 겹치면서 저도 제 분야에서 탁월한 능력을 빛내는 사람이 되고 싶다는 생각이 들었습니다.

직업상 연구 실적을 계속 업데이트하다 보니 주기적으로 저의 실적과 이력을 정리하게 되는데, 그럴 때마다 작아지는 순간들이 많습니다.
'한 편의 논문을 쓰는데 이렇게 시간이 오래 걸려도 괜찮을까. 실적이 너무 부족한 것은 아닌가?'

연구 실적을 보면서 조금 더 저 자신을 밀어붙여야겠다는 생각이 들다가도, '여기서 더? 뭘 어떻게 더? 무엇을 위해 그렇게까지?' 하는 생각이 들어 내려놓았던 순간이 많았습니다. 그 순간을 떠올릴 때마다 그 시간을 이겨내지 못하고 자신을 더 다잡지 못한 제가 너무도 작게 느껴졌습니다.

　　제가 처음 교수 임용을 준비할 때 모험을 감행하며 지원했던 곳이 있었습니다. 현실적으로 저의 수준을 몰랐던 것은 아니었기에 합격에 대한 기대는 없었지만, 임용 절차를 알아볼 겸 이력서를 꼼꼼하게 적어 제출했습니다. 그리고 저는 서류에서 광속 탈락을 당했습니다. 며칠 전 그때 지원했던 저의 이력서를 다시 보게 되었습니다.

　　'이렇게 손에 쥔 무기가 아무것도 없이 전쟁터에 나갔었구나.'

　　정말 영혼까지 끄집어내서 자소서에 적어냈지만, 지금의 제가 보기에 부족하기 그지없는 경력과 실적이 적혀 있었습니다. 아무것도 없는데 당당하게 써 내려간 지원서를 보면서 손이 오그라들 정도로 부끄러운 마음이 들었습니다. 그런데 한편으로는 정말 담대하게 패기 넘쳤던 저를 격려해주고 싶은 마음이 들었습니다.

그렇게 첫 임용 지원과 탈락을 겪은 그 시점으로부터 2년이 지났습니다. 저는 아직도 탁월한 능력을 빛내고 싶다는 갈급함이 가득한 연구자입니다. 지금도 실적은 많이 부족하지만 새삼 그때의 자소서를 다시 보니 지금은 그때보다 많이 성장했다는 것을 느낍니다. 당시 이력서에 적었던 것보다 많아진 연구 실적, 교육 경력, 학교에서 일해본 경험 들이 지금의 저에게는 있습니다.

저는 천천히 조금씩 성장하고 있었습니다. 매 순간 느끼지는 못했지만, 돌아보니 저는 많은 것을 가지고 있었습니다. 어느 시점보다 분명 많이 성장한 저를 느끼며 매번을 치열하거나 숨이 차게 달리지는 못했더라도 그 성장의 결과는 계속해서 놓지 않고 걸어온 노력에 있다는 것을 알았습니다. 그러니 작아질 필요 없다고, 이렇게 가면 또 언젠가의 나는 더욱 성장해 있을 거라고, 지금은 느려도 지속하다 보면 가속도가 붙을 것이라고 생각했습니다. 그러니 지금처럼 놓지 말고 계속 가보자고 다짐했습니다. 그리고 한순간도 놓지 않고 여기까지 잘 해줘서 고맙다고 자신을 격려해주었습니다.

강의와 연구는 교수가 하는 일인데 교수가 된 지금도 강의와 연구가 쉽지만은 않습니다. 그런데 제가 어려워

하는 순간에 과거 연구 실적들과 강의 자료들을 마주하니 과
거의 김주이가 지금의 저를 격려해주는 것 같았습니다.

　　'너는 지금의 나보다 매우 잘하고 있어.'

　　꾸준히 성장해온 힘으로 미래의 김주이는 지금의
저보다 더 성장한 모습이기를 기대해봅니다.

위하는 마음

———

유세웅

세상이 정답이라고 정해둔 길대로 걸어가는 것도 그 나름의 이유가 있겠지요. 그러나 저는 교수님이 삶에서 치열하게 고민하고 성장하며 진정으로 좋아하는 일이 무엇인지 발견하고 꾸준하게 걸어온 지금의 길도 정답이라고 생각합니다. 비록 예상보다 속도는 더디게 느껴졌을지라도, 교수님만이 지닐 수 있는 식견을 가지게 되셨으니 앞으로 얼마나 더 멋지게 성장하실지 기대됩니다. 분명 논문 작성도 잘 해내실 거라 믿습니다.

제가 요즘 보내는 일상은 비슷합니다. 일어나서 출근하고, 환자분들을 만나는 날의 연속입니다. 그리고 책을 낸 이력 때문인지, 종종 인터뷰 기회가 생깁니다. 최근에는 간호학과 후배들과 한국백혈병소아암협회로부터 인터뷰 요청을 받았습니다. 받은 질문 중 공통 질문은 간호사가 된 계기였습니다.

간호사를 해보면서 느낀 점은 환자의 상태를 파악할 수 있는 지식, 상대방의 상황을 헤아릴 수 있는 마음, 실질적인 돌봄을 제공하기 위한 체력을 고루 갖추어야 유능한 간호사로 활약할 수 있다는 것입니다. 지식, 마음, 체력의 3박자가 고루 갖춰졌을 때, 환자들에게 도움을 줄 수 있습니다. 애석하게도 체력이 받쳐줄 때는 지식과 마음이 따라주지 않을 가능성이 높고, 반대로 지식과 마음을 갖췄을 때는 체력이 떨어질 가능성이 높습니다. 저는 요즘 이 3박자가 고루 갖춰지는 시기는 대략 30대 초반부터 40대 후반 정도가 아닐까 생각합니다. 말로만 돕는 것이 아니라 실질적인 도움을 주기 위해서는 신규 간호사 시절을 지나 경력 간호사로 성장하기까지 지속해서 일을 하고 시행착오를 겪어야 합니다.

저는 어떤 일을 지속할 때 내적 동기부여가 중요한 사람입니다. 그래서 현재 내가 어떤 마음으로 살아가고 있는지, 주변 사람들이 가지고 있는 마음은 무엇인지 궁금해하며 관찰합니다. 내가 세운 목표를 하나씩 이루면서 계획대로 일을 해나가면 기분이 좋지만 내가 가치 있는 일을 하고 있는지, 마음속에 타인을 허용할 여유가 있는지 점검하는 것을 놓치지 않습니다.

저는 글쓰기를 통해 마음을 들여다보곤 합니다. 경험상 머리로 생각만 하는 것보다 글로 표현해보는 것이 정신 건강에도 좋습니다. 그렇게 하루하루 쌓인 글들이 우연한 기회로 책으로 세상에 나오게 되었습니다. 그때 독자분들이 남겨주신 말들이 참 기쁘고 감사했습니다. 현장의 상황을 알릴 수 있었던 것, 경험을 공유하며 위로를 건넬 수 있었던 것, 내가 생각하는 간호의 진정한 의미를 공유하며 응원을 주고받을 수 있었던 것은 제가 걸어가고 있는 길에 대한 확신과 용기를 더해주었습니다. 포기하지 않고 환자를 위하고 돌보는 간호의 진정한 의미를 전한다면 언젠가는 간호에 대한 인식이 좀 더 개선될 수 있을 것이라는 희망이 생겼습니다. 그런 측면에서 장기적으로 봤을 때 글을 계속 쓰는 것은 저뿐만 아니라 같이 일하고 있는 간호사 선생님들께도 큰 도움이 될 것이라 믿고 있습니다.

감사하게도 제가 일하는 곳에는 '위하는 마음'을 가지고 살아가시는 분들이 많습니다. 의사 선생님이 환자의 질병뿐만 아니라 사회, 경제적 상태를 헤아리며 치료 계획을 세우실 때, 동료가 환자의 처지에 공감하여 함께 속상해할 때, 치료와 돌봄을 받아야 할 환자분이 도리어 의료진의 안부를 걱정해줄 때 가슴이 뭉클해집니다. 상대방을 '위하는 마음'이 고스란히 제게도 전해집니다. 마음과 마음이 통하는 순간을 경험한 사람은 어떤 변화가 생길까요? 제 경험에 의하면 그 순간을 통해 받는 감동은 사람을 폭발적으로 성장시키는 힘을 지니고 있습니다.

위하는 마음에 감동한 사람은 똑같은 일을 해도 일을 대하는 마음가짐이 달라지고, 자연스럽게 퍼지는 긍정적인 기운은 함께 일하는 사람들에게도 전해져 일의 능률을 높여줍니다. 의료진의 진심이 환자분에게 전해졌을 때, 환자분들의 마음이 움직이며 회복되는 속도가 빨라지는 것을 체감합니다. 이처럼 '위하는 마음'이 가지고 있는 파급력을 알고 있기에, 이러한 마음을 지키는 것이 제게 주어진 매일의 과제입니다. 일이 몰리거나, 개인적인 상황으로 인해 마음을 지키기 어려울 때가 종종 있지만 그래도 포기하고 싶지 않습니다. 교수님과 제가 주고받는 이야기들도 누군가에게 '위하는 마음'으로 다가가서 위로와 용기를 줄 수 있으면 좋겠습니다.

마침 어제는 제 생일이었습니다. 계속 제 마음을

점검하다 보면 자기 자신에게 엄격해지고 실망할 때도 있습니다. 그러나 생일에 다양한 사람으로부터 축하받고, 사랑받으니 행복함을 많이 느꼈습니다. 완벽하진 않지만 제가 주변 사람들을 위하는 마음이 사람들에게 전해지고, 저를 위해주는 상대방의 마음이 전해지는 모든 순간이 감사하고 행복합니다. 이 감정을 소중히 간직하고 있다가 자주 꺼내볼 것입니다. 의무감에 상대방을 위하는 것이 아닌, 내면 깊은 곳으로부터 사랑이 넘쳐서 진정으로 상대방을 위하는 하루하루가 쌓이길 바라보면서 말이지요.

글을 쓴다는 것

___

김주이

        저는 어제 논문에 대한 좋은 결과를 받았습니다. 논문 게재가 승인되었어요. 작가님 편지의 제목처럼 이번에 게재한 논문은 정말 '위하는 마음'으로 쓰기 시작한 논문이었습니다.

        우리 대학 간호학과 학생회의 2학년 학생들은 학술제라는 행사를 준비하면서 간호학과 관련된 연구를 계획하고 수행하여 그 결과물을 발표합니다. 연구를 배워본 적이 없는 학생들이기에 학과 교수와 함께 연구를 진행하는데, 제가 올해 학생들의 지도교수가 되었습니다. 학술제가 학생회 주관의 행사이기에 방학 내내 열심히 연구를 진행해서 발표 자료를 작성해도 이 학생들에게는 별도의 보상이 없더라고요. 그래서 이렇게 열심히 진행한 연구를 한 편의 논문으로 만들어 세상의 지식체로 만들어주고 싶었습니다. 연구가 처음인 학생들도 아주 힘들었을 텐데 연구 과정에 최선을 다하며 잘 따라와주었습니다.

저는 이 학생들에게 본인들의 이름이 저자로 적힌 한 편의 논문을 선물해주고 싶었습니다. 노력한 결과가 한 편의 논문으로 세상에 나오게 되면 학생들과 함께한 그 과정이 더욱 의미 있게 기억될 것 같았거든요. 그 바라던 결과가 정말 이루어졌고 어제 제가 그 사실을 먼저 알게 되었습니다. 아직 학생들은 이 기쁜 소식을 모르고 있습니다. 이번 주 시험 기간이 끝나면 연말 선물로 소식을 알릴까, 합니다.

논문을 쓰는 일은 많은 자료와 현상을 분석하고 그 의미를 발견하는 일인데, 그 과정은 상당 부분 글을 읽고 쓰는 일과 맞닿아 있습니다. 수많은 관련 문헌, 선행 연구, 기존의 논문을 읽고 내 연구의 필요성, 방법론, 결과와 논의를 기술해나갑니다. 이 모든 일을 하면서 저는 읽고 쓰는 활동이 참 중요하다는 생각을 많이 합니다. 제 학생들에게도 꼭 강조하는 것이 있어요. 바로 독서와 글쓰기입니다. 우리는 인간을 공감하고 이해하고 회복시키기 위해 노력하는 학문을 공부하고 있습니다. 다양한 인간을 이해하기 위해서는 다양한 경험이 필요합니다. 시간과 공간의 제약으로 우리가 할 수 있는 직접경험에는 제한이 있지만, 독서를 통해서 다양한 간접경험을 할 수 있습니다.

저뿐만 아니라 우리 학생들도 늘 독서를 통해 사유하는 힘이 깊어지기를 소망합니다. 무언가를 자신의 것으로 만드는 방법은 다양한데 그중 한 가지가 저는 글쓰기라고 생각합니다. 읽기에서 더 나아가 읽은 내용을 자신의 글로 정리한다면 더 많은 것을 자신의 것으로 만들 수 있습니다.

또 글을 쓴다는 것은 결국 더 나은 자신을 만들어가는 일 같습니다. 지금 작가님과 제가 함께 쓰고 있는 우리의 글도 누군가에게 위로와 도움이 되는 글이 될 것입니다. 그러기를 진심으로 바랍니다. 그러한 마음으로 시작했는데 돌아보니 이 글을 쓰면서 제일 많은 위로와 도움을 받은 사람은 저 자신이라는 생각도 듭니다. 제가 존경하는 많은 멘토들이 왜 그렇게 독서와 글쓰기를 강조하셨는지 매일 일상에서 깨닫습니다. 아직 양적으로 질적으로 부족한 부분도 많이 있지만 그래도 꾸준히 읽고 쓰면서 과거의 어느 시점보다 더 많이 나아온 저를 발견합니다. 그래서 저는 적극 추천하고 싶습니다. 읽고 쓰는 활동은 많은 부분에서 삶의 질을 높여준다고요. 위로

를 주고, 나아가게 해주고, 도전하게 하고, 발전하게 한다고
말입니다.

　　　작가님, 연말 준비는 즐겁게 하고 계시는지요? 요
즈음 편지로 전해들은 근황을 보면 작가님께서 올 한해 계획
한 일들보다 더 많은 일을 이루어내신 것 같습니다. 한 해가
저물어 갑니다. 새해의 목표를 세울 많은 분께 내년에는 무엇
을 할지 고민하고 있다면 꾸준히 글을 쓰는 것에 도전해보시
라고 말씀드리고 싶습니다.

사랑이 또 다른 사랑으로

유세웅

　　교수님. 그동안 잘 지내셨나요? 제자들의 노력이 세상에 기록될 수 있도록, 논문 작업을 끝까지 해내신 교수님의 애정이 분명 제자들에게도 전해졌을 것입니다. 정신을 차려보니 어느새 새해가 되었습니다. 우선, 새해 복 많이 받으세요. 편지를 받고 답장해야지 하면서도, 지난달 이식을 받게 된 환자분들이 많이 생기셔서 오늘에서야 소식을 전합니다.

　　사실 지금도 장기를 구득(구하여 얻음)하러 부산에 갔다가 오늘은 꼭 답장해야겠다는 생각이 들어, 서울로 올라오는 KTX 안에서 잠깐 편지를 쓰고 있습니다. 서울에서 부산으로 향하는 기차표는 쉽게 구할 수 있었는데, 수술이 끝나고 올라오는 기차표를 구하기가 무척 힘들었습니다. 수술이 언제

끝날지 모르기 때문에 예매하기가 어렵고, 새해와 일요일 오후라는 조건이 합쳐지니 원하는 시간대의 기차표가 모두 매진이었습니다. 그렇다고 마냥 포기하고 있을 수는 없었습니다. 코레일 앱을 열고서 마치 원하는 과목을 듣기 위해 수강 신청을 하듯 여러 번 시도한 끝에 겨우 기차표를 구할 수 있었습니다. 부산역에 도착하고 기차가 출발하기 전까지 잠시 시간이 있어서 허겁지겁 국밥을 입에 욱여넣고 가쁜 숨을 몰아쉬며 기차에 탑승했습니다.

장기이식 코디네이터로서 새해를 이식으로 시작했다는 사실이 의미가 있습니다만, 무엇보다도 모두가 기대와 설렘이 가득할 새해에 장기기증을 통한 생명 나눔이라는 사랑을 실천하신 기증자분과 사랑하는 이를 떠나보낸 기증자 유가족분들께 존경을 표합니다. 기증자분께서는 고통이 없는 곳에서 영원한 안식을 누리시길 기도합니다. 유가족분들께는 사랑했던 이의 일부분이 누군가에게 전해져 계속 함께 살아가고 있다는 사실에 위로받으시길 바라며 앞으로의 삶에 평안함이 가득하시기를 기도합니다.

12월의 마지막 날에는 한 해를 되돌아봤습니다. 일이 계획한 대로 술술 풀릴 때도 있었고, 에너지가 고갈돼서 아무것도 하기 싫었던 날도 있었습니다. 모든 날이 만족스럽진 못했지만, 후회가 남지 않는 건 매 순간 제가 할 수 있는 최선을 다했기 때문입니다. 교수님이 편지에 써주신 것처럼 제가 계획했던 것보다 더 많이 이룰 수 있었던 원동력은 뭐든지 최선을 다하는 태도였습니다. 조금 더디더라도 요령 피우지 않고 우직하게 나아가는 것, 내가 하는 일의 의미를 놓치지 않는 것, 항상 기증자와 이식 대기자의 입장에 서서 생각해보는 것은 제가 방향을 잃지 않도록 이끌어 주었습니다.

새해에는 개인의 성장과 타인을 생각하는 선한 영향력을 모두 잡는 게 목표입니다. 저 자신도, 주변 사람들도 모두 행복했으면 좋겠습니다.

우리의 삶은 나날이 풍요로워지는 것처럼 보입니다. 단적으로는 우리가 먹는 음식, 지내는 환경, 생활의 수준 등이 과거에 비해 상당히 올라갔기 때문입니다. 그러나 사람들을 한 명, 한 명 만나 이야기를 나눠보면 실제로는 삶의 풍요로움을 별로 누리지 못하고 있기도 합니다.

제 경험으로는 사랑을 주고받는 건강한 관계를 잘 유지하고 있는지에 따라 개인이 삶의 풍요로움을 누리는 정도가 정해지는 것 같습니다. 어려운 일을 당한 친구의 안부를 물어보고 이야기를 들어주는 일, 환자를 질병이 아닌 한 인격으로 바라보고 대하는 일, 먼저 길을 걸어간 선배로서 방황하고 있는 후배를 발견하고 성장하도록 이끌어주는 일, 타인을 위해 자신의 장기를 내어주는 일 등을 우리는 사랑이라고 말합니다. 사랑의 형태는 다양하지만 하나로 묶이는 공통점은 그 방향이 나를 향하는 것이 아닌 타인을 향한다는 점입니다. 타인과 사랑을 주고받을 때 우리는 비로소 삶이 풍요롭다고 여깁니다.

지난날 소아암 환자로 병원 생활을 하며 왜 이런 시련이 내게 찾아왔을까 불평불만도 생기고, 화도 내고, 울기도 했었는데 그때 제 곁을 지켜주셨던 가족, 친절했던 의료진들의 헌신과 사랑 덕분에 제가 회복할 수 있었고 어느덧 간호사로 성장하여 수많은 환자분을 돌보게 되었습니다. 많은 분이 제게 주셨던 사랑이 또 다른 사랑으로 이어지고 있다는 사실이 감격스럽고 힘닿는 데까지 사랑을 이어가 보겠습니다.

교수님과 제가 주고받는 편지에도 서로를 향한 관심, 애정, 응원, 배움이 담겨 있습니다. 부디 우리의 글을 읽는 분들께도 긍정적인 자극과 사랑이 전해지길 바라봅니다. 우리가 주고받은 글을 통해 사람들 마음속에 사랑의 질량이 조금

이나마 더해진다면 저는 더 바랄 게 없습니다.

그동안 교수님과 편지를 주고받을 수 있어서 위로가 됐고, 많이 배웠고, 행복했습니다. 앞으로도 계획대로 하나씩 이뤄가고 멋지게 성장하실 교수님의 모습을 기대하며, 언제나 교수님을 응원하며 잘되기를 바라는 열성 팬이 있음을 기억해주세요. 그동안 감사했습니다. Happy new year!

완벽하지 않아도 괜찮아

———
김주이

작가님. 새해 복 많이 받으세요. 새해부터 장기를 구득하러 가는 일정으로 쉬는 날도 반납하시고 서울과 부산을 왕복한 작가님의 이야기를 읽으며 세상 곳곳에 아름다운 일을 하며 새해를 맞이하는 선한 분들의 영향으로 세상이 더 아름다워지고 있다고 생각했습니다. 그렇게 저도 아름다워진 세상의 새해를 평안하게 맞이했네요.

작가님께 글을 같이 쓰자고 제안했던 날을 떠올려 봅니다. 글을 쓰고 싶다는 생각과 어떤 글을 쓰겠다는 계획은 있었지만, 저 혼자서 한 권의 책을 만들기에는 좀 부족하고 힘들 것 같다는 생각이 들었습니다. 그때 많은 교환 일기 형식의 책들을 읽었습니다. 책 속 작가들처럼 같이 밀어주고 끌어주면서 글을 써나가면 잘 해낼 수 있을 것 같았습니다. 그렇게 시작한 우리의 글이 어느덧 우리가 계획한 마지막 편지까지 나아왔네요.

전에 말한 적 있지만 저는 한때 작가가 되는 것이 꿈이었습니다. 수능이 끝나고 친구를 따라 당시 유행하던 사주 카페에 간 적이 있습니다. 이것저것 묻는 친구를 보면서 저는 무슨 질문을 할지 생각하다가 원대한 꿈이 이루어질 지 궁금한 마음으로 다음 질문을 했습니다.

"제가 작가가 될 수 있을까요?"

저를 곰곰이 보던 그분은 말씀하셨습니다.

"음, 자네 사주에는 펜이 없네."

저는 평생 펜을 잡고 살았는데, 제 사주에 펜이 없다니요. 사주에 대해서는 아는 것이 없지만, 정말 씁쓸한 답변이었습니다. 하지만 사실 사주와 상관없이 저도 저의 역량을 알고 있었기에 글을 써서 먹고 사는 작가가 되는 것은 제가 이루기에는 벅찬 꿈이라고 생각했습니다. 하지만 글 쓰는 것을 워낙 좋아해서 좀 더 체계적으로 주제를 정해서 글을 써보고 싶었습니다.

그리고 원대하게 '작가'라는 직업을 꿈꾸기보다 제가 쓴 글을 엮어서 책을 한번 만들어보자는 혼자만의 목표를 세웠습니다. 쓴 글들을 엮어서 온라인 플랫폼에서만 볼 수 있는 책을 만들어보기도 하고, 꾸준히 쓴 글들을 모아 에세이 만드는 것을 계획해보기도 했습니다. 그러다 계획을 실현하기 위해 저에게 도움을 주며 함께해줄 분이 있으면 좋겠다는 생각을 했습니다.

사실 제가 작가님께 연락하기 전에 누구와 함께 글을 쓸지 정말 많이 고민했습니다. 우선 글을 쓰는 주제가 통할 수 있는 분, 글을 꾸준히 쓰는 분, 출판의 경험이 있는 분……. 이런 조건들을 정리하는데 작가님이 딱 떠올랐어요. 우리는 서로 만난 적도 본적도 없는데 말이죠. 온라인 플랫폼 상으로 작가님과 서로의 글을 몇 편 읽었던 기억이 스치며, '아! 작가님은 꾸준히 글을 쓰시지. 출판의 경험도 있으시지. 임상에서 정말 매력적으로 근무하고 계시지. 그래! 바로 이분이다. 나의 부족함을 보완하며 함께 나아갈 분'이라는 생각이 들었습니다.

저의 글은 완벽하지 않습니다. 하지만 다음번 작가님의 글이 제 글의 일부분을 늘 보완해주셨지요. 우리의 글은 완벽하지 않습니다. 하지만 분명히 이 글을 읽고 마음이 따뜻해지는 분들이 계시겠지요. 저의 글쓰기 실력은 화려하거나 뛰어나지 않습니다. 하지만 덤덤히 써 내려간 글들이 누군가에게 공감을 불러일으키기도 하지요.

　　　　완벽하지 않아도 괜찮습니다. 중요한 것은 완벽한 것보다 조금씩 나아지고 있다는 것이지요. 꾸준히 글을 쓰며 과거의 저보다 분명 저는 많은 부분 성장했습니다. 그리고 무엇보다 글을 쓰고 있는 지금이 행복합니다.

　　　　새해가 밝았습니다. 많은 분이 많은 일을 소망하며 새해를 맞이하셨을 것입니다. 소망하는 일들을 떠올리면서 부족한 자신의 모습을 돌아보며 고민하는 분들도 계실 것입니다. 그분들께 말씀드리고 싶습니다. 완벽하지 않음에 괴로워 말고 적극적으로 손을 내밀고 도움받으며 나아가시길 바란다고요. 분명 소망하는 일에 더 가까이 다가가실 것입니다.

　　　　새해에도 서로 도움 주고, 도움 받으며 원하는 일들을 이뤄가는 우리가 되기를 바랍니다.

돌보는 마음, 위하는 마음

© 김주이·유세웅, 2023

초판 1쇄 인쇄일 2023년 12월 6일
초판 1쇄 발행일 2023년 12월 18일

지은이   김주이 유세웅
펴낸이   정은영
편집   전지영 최찬미
디자인   연태경
마케팅   이언영 연병선 한정우 최문실 윤선애 최혜린 이유빈
제작   홍동근

펴낸곳   (주)자음과모음
출판등록 2001년 11월 28일 제2001-000259호
주소   10881 경기도 파주시 회동길 325-20
전화   편집부 (02)324-2347, 경영지원부 (02)325-6047
팩스   편집부 (02)324-2348, 경영지원부 (02)2648-1311
이메일   munhak@jamobook.com

ISBN 978-89-544-4981-6 (03810)